아라보다 출판사는 모두가 쉽게 배우는 세상을 꿈꿉니다.

아라보다 출판사 **김혜진** 대표

배리어 프리(barrier free)를 아시나요? 장애인이 편하게 살아갈 수 있도록 생활 공간은 물론 문화와 예술에 이르기까지 장벽을 없애는 모든 활동을 말합니다. 처음 배리어 프리의 개념은 물리적인 장애를 제거한다는 의미에서 시작하였습니다. 하지만 점차 분야와 대상도 확대되고 있습니다.

쉬운말 출판사 아라보다는 배리어 프리 출판물을 제작하고 있습니다. "누구나 쉽게 배우는 세상을 꿈꿉니다."라는 미션을 가지고 쉬운말 책을 출판하고 있습니다. 특히 읽고 이해하는 부분에서 어려움이 있는 느린학습자, 발달장애인, 고령자까지 쉽게 읽고 이해하는 즐거움을 누릴 수 있도록 쉬운말 생태계를 만들기 위해 노력하고 있습니다.

대부분의 쉬운말 출판물은 기성 작가들이 글의 난이도를 쉽게 조절하여 글을 씁니다. 그러던 중 송현씨를 만나게 되었습니다. 쉽게 술술 읽히는 송현씨의 글은 바로 배리어 프리 그 자체였습니다. 화려한 문체나 수식어는 없지만 송현씨의 진심이 담겨 있는 글은 누구나 쉽게 읽고 이해할 수 있는 글이었습니다. 송현씨만의 순수하고 따뜻한 시선과 솔직하고 담백한 생각들은 짧은 문장 속에 꾹꾹 눌러 담겨 있었습니다.

아라보다는 송현씨가 바라본 세상, 또 앞으로 경험할 세상이 어떠할지 더 궁금해졌습니다. 그래서 송현씨에게 지속적인 글쓰기 교육을 제공하였습니다. 일상 속에서 글쓰기 소재를 찾는 법, 구성력 있게 글 쓰는 법, 버릴 문장과 강조해야 할 문장을 선택하는 법등을 배워가며 송현씨는 출판사에 있는 다양한 책을 읽고 상상하며 글을 썼습니다. 그렇게 매일 원고지 가득 연필로 꾹꾹 눌러쓴 송현씨의 일상과 생각이 이제 한권의 책으로 엮어져 나오게 되었습니다.

이 작은 책은 송현씨의 첫 작품입니다. 불과 몇 달 전만 해도 아무것도 할 줄 아는 게 없다고 자신 없어 하던 송현씨는 주변의 많은 이들의 도움을 통해 자신이 글쓰기를 좋아하고, 잘한다는 것을 발견하게 되었습니다. 그리고 성실하고 꾸준하게 글을 쓰며 작가의 꿈을 키워오게 되었습니다.

송현씨는 자신의 삶을 통해 우리에게 이야기를 건네고 있습니다. 우리네 삶이 지금은 아무것도 아닌 것 같은 상황일지라도 그 속에서 포기하지 않고 자신의 삶을 성실하게 살아갈 때 반짝이는 우리의 일상을 발견하게 된다고 말합니다. 그 빛을 발견해 줄 좋은 사람들이 우리 곁에 항상 있다는 것도요.

빛나는 삶을 향한 용기 있는 첫 발걸음을 뗀 송현씨를 마음 다해 칭찬하고 응원합니다. 이 책을 읽으시는 독자님들도 그 걸음을 함께 지켜봐주시고 응원해 주세요. 꿈을 찾고 이뤄가는 기쁨을 <송현 생각>을 통해 함께 맛보며 즐겨보시길 바랍니다.

<송현 생각>은 쉬운말로 쓰여 있습니다. 장애인과 비장애인, 어린이와 고령자까지 모두 쉽게 읽을 수 있습니다. 읽다보면 쉬운말 출판물이 누구에게나 편리하고 좋다는 것을 금방 발견하실 수 있습니다.

쉬운말 출판물을 통해 모두가 쉽게 배우는 세상을 꿈꾸며 제 2의 송현, 제 3의 송현이 마음껏 글과 소통하게 될 날을 기대합니다.

경상북도콘텐츠진흥원 **이종수** 원장

'즐거운 글쓰기'가 주는 즐거움.

송현 작가님을 만난 곳은 경상북도콘텐츠진흥원이 주관하는 <글로벌 K-스토리 프리페스티벌> 현장이었습니다. 스토리 콘텐츠의 중요성을 널리 알리기 위한 행사였기에 찾아오셨습니다.

발달장애인으로서 전업으로 글을 쓰신다는 말을 들었지만 실제 뵙기는 처음이었습니다. 반가운 마음으로 인사를 나누었습니다. 그리고 달포가 지나서 '송현 생각'이라는 책을 준비한다는 소식을 들었습니다. 그리고 추천사 부탁을 받았습니다.

망설이다가 수락했습니다. 망설인 것은 작가님을 잘 모른다는 생각에서였습니다. 그러다 용기를 낸 것은 작가님의 글을 통해 그를 조금 알게 됐다고 생각했기 때문입니다. 글은 사람과 사람 사이의 신호입니다. 저는 '송현 생각'을 읽으며 작가님이 세상에 보내는 신호를 읽었습니다.

책에 실린 글들은 송현 작가님의 일상을 담고 있습니다. 그 속에서 항상 실존적 의미를 찾고 있습니다. '내가 제일 잘 할 수 있는 게 무엇일까?'라며 묻고 있습니다. 그러다 찾은 것이 글쓰기였습니다. 자신이 제일 잘 할 수 있고 가장 즐거운 일이었죠. 글 한 줄마다 창작의 진통과 즐거움이 공존했습니다. 작가님의 '즐거운 글쓰기'를 읽다 보니 저도 덩달아 즐거워졌습니다.

송현 작가님의 다음 책이 기다려집니다.

영남일보 **백승운** 문화부장

맑고 진솔한 글입니다. 행간마다 '김송현 작가'의 순수함이 고스란히 드러나는 글입니다. 생각의 깊이가 더해져 '의미있는 메시지'처럼 읽히면서, 때론 이 시대를 살아가는 '청춘의 고백'처럼 들리기도 합니다.

학교와 일터에서의 생활, 그리고 일상, 관심사, 책을 읽고 쓴 리뷰까지 귀하지 않은 글이 없습니다.

찬찬히 글을 음미할수록 송현씨가 눈에 그려집니다. 그는 우리 시대의 '평범한 젊은이'와 다르지 않습니다.

살을 빼고 예쁜 옷을 입고 싶어하는 '여고생'이면서, 몸이 아파 학교에 가지 못하는 것을 속상해 하는 '모범생'입니다. 게이트볼 게임에서 친구에게 져 분한 마음을 솔직하게 드러낼 줄 아는 '당돌한 친구'입니다. 명함을 받아들고 당찬 각오를 다지는 어엿한 '사회 초년생'이기도 합니다.

뿐만 아닙니다. 자식들을 위해 애쓰는 미용사 어머니에게 "고맙다"고 말할 줄 아는 '착한 딸'입니다. "시험에 떨어져도 최선을 다했으니 괜찮다"며 스스로 다독일 줄 아는

'다 큰 어른'입니다. 편의점을 '아군과 적군'으로 표현한 글에서는 '카피라이터' 같기도 합니다. 무엇보다 송현씨는 글쓰기를 하면서 독자와 소통하는 '진정한 작가'입니다.

그래서일까요. 장애를 가지고 세상을 헤쳐 나가는 '발달장애인 송현'의 모습은 보이지 않습니다. 대신 우리와 함께 살아가는 '평범한 청년'이 보입니다.

대부분의 사람들은 장애인이 쓴 글이라면 고통과 절망과 위태로움이 뚝뚝 묻어날 것이라고 생각하기 마련입니다. '송현 생각'은 전혀 그렇지 않습니다. 불안감을 안도감으로, 자괴감을 자신감으로 바꾸는 '속 깊은 송현씨의 생각'이 책 속에 가득합니다. 책을 읽어갈수록 밝고 건강한 에너지가 느껴집니다. 호탕하게 웃어 젖히는 청년의 당참은 대견스럽습니다.

그래서입니다. 표지에 적힌 '발달장애인 송현'이라는 부제가 어색해 보입니다. 추천서를 쓰는 필자 역시, 발달장애인의 글이라는 선입견과 편견을 가진 것에 대해 크게 후회했습니다.

당부드립니다. 이 책을 보면서, 세상의 시선이 '발달장애인'이라는 특별한 이력에 집중되지 않기를 바랍니다. 오로지 이 시대를 함께 살아가는 '청년 송현'에게 시선이 모아지길 바랍니다.

덧붙여, '김송현 작가'의 건승과 건필을 기원합니다.

대구성보학교 **정경렬** 교장선생님

말과 소리는 쉽게 없어지나, 글은 영원히 간직됩니다.

김송현 작가가 살아가면서 겪은 소소한 일상을 진솔하고 재미나게 글로 표현하였기에 읽는 내내 마음이 즐거웠습니다. 이 글을 읽는 독자들에게도 작은 기쁨들이 고스란히 전해지리라 생각하니 절로 마음이 따뜻해집니다.

마음의 소리가 들리는 아름다운 에세이, 송현 생각!

김송현 작가의 2집, 3집도 계속 나오길 기대합니다.

대구성보학교 **전계정** 담임선생님

입학식 이후 지켜본 송현이는 이슬을 머금은 나뭇잎 위를 천천히 움직이는 동글동글 달팽이 같았습니다.

학기 초 다른 아이들은 호기심을 가득 안고 서로 모여서 궁금한 것을 묻기도 하고 재잘재잘 이야기꽃을 피우기 마련입니다. 하지만 송현이는 조용히 혼자 생각하며 매일 연습장에 무언가를 열심히 적고 있었습니다. 혹시 친구들과 어울리는 데 어려움이 있는 건 아닌지 걱정했지만 별다른 문제는 없었습니다. 단지 천천히 움직이는 달팽이처럼 유심히 살피며 주변을 자세히 보고 깊이 생각하는 친구였습니다. 느리긴 하지만 호기심 어린 눈으로 다른 친구들이 무심코 지나가는 일에도 관심을 보이고, 도움이 필요한 친구들을 배려하기도 했습니다.

마냥 조용할 줄 알았지만 때로는 수다쟁이가 되기도 했습니다. 질문을 하면 생각을 하다가 한 박자 늦긴 해도 한번 말문을 트면 재잘재잘 자신의 일상과 생각을 말하고 이것저것 질문도 하며 이야기하는 것을 좋아하는 아이였습니다.

처음에는 글을 쓰는 송현이를 보며 그냥 '글쓰기를 좋아하는구나!'하고 지나쳤습니다. 그러다가 한 달 이상 한결같이 글쓰기를 하는 모습을 보며 '매일같이 무엇을 그렇게 열심히 쓰는 걸까?'하는 궁금증이 생기더군요. 그래서 송현이에게 "선생님이 쓴 글 좀 읽어봐도 될까?" 하고 물었는데 조금 부끄러워하면서도 허락해 주었답니다.

별 기대 없이 단순한 궁금증으로 읽은 송현이의 글은 놀라웠습니다. "대박! 송현아 너 글 진짜 좋다." 허락을 구한 뒤 주변의 다른 선생님들께도 읽어보시라고 권하기까지 했습니다. 글쓰기에 대해 전문적인 지식이 있는 것은 아니지만 송현이의 순수한 글을 읽으면 마음이 따뜻해지는 느낌이 들었습니다.

송현이의 글은 우리가 무심코 지나쳐 버리기 쉬운 일상의 사소한 것들에 대해 이야기합니다. 수다를 떨 듯이 쉬운 말로 솔직하게 적어서 그런지 부담 없이 재미있게 읽을 수 있었습니다. 더불어 매일매일 무미건조하게 일상을 살아가는 나의 삶에 대해서도 다시 한번 생각하며 감사하는 마음으로 살아야겠다는 다짐도 하게 되었습니다.

작가로 취업을 한 송현이는 매일매일 좋아하는 글쓰기

를 할 수 있어서 정말 행복하다고 벅찬 마음을 표현합니다. 송현이가 쓴 행복한 글을 읽는 여러분들도 모두 행복했으면 합니다. 그리고 앞으로 송현이가 좋은 글을 쓰는 멋진 작가로 성장해 가기를 진심으로 응원합니다.

들어가며

"넌 잘하는 게 뭐니?"

어렸을 때부터 제게는 숙제 같은 질문이었어요. 항상 '난 뭘 잘 할 수 있을까'를 생각했죠. 하지만 답을 찾기란 무척 어려웠습니다. 그러다가 글을 쓰기 시작했어요.

처음에는 제가 쓴 글로 책을 낼 줄은 꿈에도 몰랐어요. 그냥 이야기하는 걸 좋아해서 계속 썼을 뿐이거든요. 그런데 스무 살이 되어 작가라는 직업을 가질 수 있게 되다니, 꿈만 같아요. 이 책을 통해서 '나도 잘하는 게 있어!'라고 스스로를 당당하게 생각할 수 있게 되었답니다.

이 책은 저에게 선물 같아요. 여기에는 저의 모든 생각들이 담겨 있어요.

제가 쓴 글을 처음 발견해주신 전계정 담임선생님과 늘 잘 썼다고 칭찬해 주시는 박일호 선생님, 그리고 글을 계속 쓸 수 있도록 기회를 주신 김혜진 대표님께 감사드립니다. 덕분에 작가 김송현이 될 수 있었고, 저만의 책을 쓸 수 있었어요. 또 언제나 제 글을 응원해 주시고 저에게 용기를 주셨던 여러분들께도 이 책을 통해 감사의 마음을 전합니다.

이제 저에게 잊지 못할 선물인 이 책을 여러분들이 재미있게 읽어주시면 좋겠어요. 그럼 어렸을 때의 저에게 자랑스럽게 이야기해 줄 수 있을 것 같아요.

"내 이름은 김송현, 직업은 작가예요."

2022년 가을
송현

1. 송현 일상

차례

2. 송현 학교

3. 송현 일터

4. 송현 리뷰

일러두기

책에 등장하는 인물은 모두 허락을 받고 가명으로 표기하였습니다.
책 아래 설명하는 글은 특수교사의 감수를 받아 작성되었습니다.

송현
일상

긍정적인 생각

오늘은 수업 시간에 '긍정'에 대해서 배웠다. '긍정'이라는 말은 내가 힘들 때마다 생각하는 단어이다. 이 말을 배우니까 전공과를 오기 위해 연습하던 나의 모습이 떠올랐다.

나는 잘하는 게 별로 없었다. 달리기를 하면 매번 꼴찌이고, 작업 실력도 다른 친구들에 비해 뒤처졌기 때문이었다. 선생님들께서는 할 수 있다고 격려해주셨지만, 내 마음은 힘들고 괴로웠다. '나는 왜 이렇게 못하는 게 많지?', '너무 못났어!'하고 나 자신을 미워하기도 했다.

그때는 전공과*에 들어가는 것이 나의 꿈이었다. 전공과

***전공과** 전공과는 성인 특수교육대상자들의 진로지도와 취업을 위한 2년의 교육과정입니다. 대체로 특수학교마다 개설되어 있고 선발시험(체력, 면접, 직업능력평가 등)을 합격해야 입학이 가능합니다.

에 들어갈 수만 있다면 더 바랄 게 없었다. 고3 학급 친구들이 좋은 대학교에 가고 싶어 하는 것처럼 나도 선생님들이 좋다고 하는 대구성보학교 전공과에 엄청나게 가고 싶었다. 나에게는 너무 멀게만 느껴졌지만, 미리 포기할 순 없었다. 내 마음이 너무 절실했으니까. 그래서 내가 할 수 있는 만큼 열심히 준비했다. 아파트 단지 주변을 매일 뛰고, 선생님께서 내주시는 숙제도 꼬박꼬박 다 하면서 말이다.

드디어 전공과 시험 치는 날, 마음이 조금 불안했다. 내 실력을 완전히 믿지는 못했으니까. 하지만 긍정적으로 생각하기로 했다. '내가 열심히 연습한 만큼 최선을 다해 시험을 치면 붙을 수 있을 거야'라고 말이다. 사실 같이 시험 친 친구들보다 잘 친 것 같지는 않아서 초조한 마음으로 결과 발표를 기다렸다.

그런데 시험 결과는 내 예상과 달랐다. 불합격이라는 내 생각과 달리 합격이라고 결과가 나왔기 때문이다. 나는 놀랐다. 대구성보학교 전공과는 나에게 너무 어려운 도전이었는데 이렇게 합격하다니 기분이 너무 좋았다. 내가 만약 부정적으로만 생각하면서 연습도 안 했다면 떨어지지 않았을까? 불안한 상태로 시험을 치면 행동에 다 드러나기 때문에 면접관 선생님들께 점수를 많이 못 받았을 것이다. 긍정적인 마음을 갖고 잘하진 못해도 열심히 최선을 다했으니까 합격했다는 생각이 들었다.

오늘 긍정, 부정에 대해 자세히 배워보니까 남들보다 잘 안된다고, '싫어', '안돼'라고 하지 말아야겠다는 생각이 든다. '할 수 있다!'라고 믿고 긍정적인 마음으로 계속하자. 그럼 못하는 일도 잘 할 수 있게 될 것 같다. 질 것 같던 경기가 이긴 것처럼 말이다.

오지 않기를 바라지만
찾아오는 여름

6월쯤이 되면 서서히 날씨가 뜨거워지면서 여름이 곧 찾아온다고 알린다. 이 더운 여름을 어떻게 이겨내야 할지 너무 막막하다. 열대야에 잠은 어떻게 자야 할지, 전기세 걱정에 에어컨을 잘 틀지 않는 우리 집에서 어떻게 살아남아야 할지를 생각하면 자꾸 한숨이 나온다.

그래서 나는 여름 내내 휴가를 떠나는 상상을 한다. 그리고 시원한 물속에서 헤엄치며 노는 생각을 하면서 버틴다. 휴가가 끝나면 여름이 빨리 지나가기를 손가락을 꼽으며 기다린다. 그만큼 여름이 싫다. 여름이 찾아오지 않기를 바라지만 이런 마음은 이루어질 수가 없다. 날씨는 내가 어떻게 할 수 없는 거니까.

그래도 여름이 있어서 우리 생활이 많이 풍성해진다는 걸 안다. 여름이 있어서 식물들이 더 크게 잘 자랄 수 있다.

더위를 이기기 위해 먹는 수박도 더우니까 더 맛있게 먹을 수 있다. 더울 때 먹어야 시원함을 더 크게 느끼니까. 그러니 여름은 오는 게 맞겠지.

여름이 필요한 이유를 알게 되니까 무작정 덥다는 이유로 여름을 싫어한 게 자꾸 마음에 걸린다. 싫어할 수도 없고, 그렇다고 마냥 좋아할 수도 없는 계절, 여름.

"너는 대체 뭐니? 나의 아군이니 적군이니?"

비 오는 날 1

오늘 아침에 일어나보니 밤처럼 껌껌했다. 커튼을 걷어서 밖을 살며시 내려다보니 비가 엄청 많이 내리고 있었다. 어젠 비가 내리다 말다 했는데 그때 내려야 했던 비가 오늘 아침에 다 내리는 것 같았다.

나는 비 오는 날에 버스 타는 게 너무 불편하다. 비가 오면 버스에 사람이 더 많아서 사람들 사이에 끼여 오는 게 힘들다. 그리고 버스 바닥엔 물이 엄청 많아서 미끄러져 넘어질까 봐 무섭다. 그러다 진짜 넘어지기라도 하면 무섭기보다는 너무 창피하겠지?

그렇게 험난한 빗속을 뚫고 학교에 도착했다. 바지도 다젖고 신발도 다 젖고 머리, 양말 안 젖은 데가 없었다.

'아, 역시 비가 오는 날에는 걸어 다니면 쫄딱 젖는구나!' 중요한 걸 깨달았다.

더운 날씨만 계속되다가 시원하게 비가 내리면 좋다. 하지만 비 때문에 불편한 일들이 생기면 또 이렇게 싫기도 하다. 이런 걸 보고 '얻는 게 있으면 잃는 것도 있다'고 하는 게 아닐까?

광복절

    광복절 하면 애국가, 무궁화, 태극기가 생각난다. 내가 지금 차별받지 않고 살기 편한 대한민국에 사는 것은 일제 강점기 시대 때 독립운동을 해주신 안중근 의사, 유관순 언니, 김구 선생님과 같은 독립운동가분들 덕분이다. 그 당시에 나라를 빼앗기지 않으려고 독립운동을 하는 것이 일본인들에게는 하찮게 보였을 것 같다. 그러나 지금의 내가 보기에는 일본인들이 더 하찮게 보인다.

    2022년 현재, 대한민국 사람들은 열심히 공부해서 좋은 대학교에 가고 원하는 회사에 취직하는 등 자신의 목표를 가지고 열심히 살아가고 있다. 그 당시에도 나라를 절대 뺏기지 않겠다는 목표를 가지고 독립운동을 한 아름다운 분들이 계신다. 그러나 그분들은 매일 당하기만 했다. 그분들을 괴롭힌 일본 사람들은 폭력적이고 자기 자신밖에 모르는 나쁜 사람들이다. 남을 괴롭히고 힘들게 하면 나중에 분명 후회할 날이 올 것이다. 힘이 없고 약해도 순수한 마음을 가지고 살아가는 사람들에게는 분명 좋은 일이 생길 것이다.

1945년 8월 15일, 광복절이 바로 그 증거이다. 일제 강점기 시대 때는 독립운동을 했다는 이유만으로 억울하게 죽었지만, 그분들 덕분에 이렇게 대한민국이 잘사는 나라가 되었으니까 지금은 그 죽음이 억울한 죽음이 아니라 영광스러운 죽음이다. 원래 나라를 지켰으면 상을 드려야 하는데. 그 어떤 상보다 대한민국 후손들이 이렇게 잘살고 있는 모습이 하늘에 계시는 독립운동가분들에게 더 큰 의미가 있는 행복이지 않을까?

내가 쓰러진 날

나는 여름방학을 보내고 있다. 그런데 방학하고 나서 나에게 안 좋은 일이 생겼다. 한동안 괜찮았다가 또 쓰러졌기 때문이다. 무슨 이유 때문인지는 잘 모르겠다. 고등학교 2학년 때 처음 쓰러진 후 병원에 가서 검사를 받았다. 뇌전증*이라고 검사 결과가 나왔다. 그때 이후로 매번 병원에 가서 치료를 받고 약도 먹고 있다.

쓰러질 때 나는 어떤 모습일까? 엄마가 쓰러진 나를 보면서 크게 놀라는 걸 보았다. 그런 충격을 받을 만큼 이상한 모습일까?

***뇌전증** 뇌전증은 뇌 신경세포가 일시적으로 이상을 일으켜 나타나는 질환입니다. 의식소실, 발작, 행동 변화 등과 같은 뇌 기능의 일시적 마비 증상이 반복적으로 나타납니다. 대부분 약물치료를 통해 경련이 일어나지 않도록 조절합니다.

이번에는 쓰러지면서 박았는지 머리에 상처가 생겼다. 쓰러지고 나서 의식이 돌아오면 똑같은 증세가 느껴진다. 온몸이 벌에 쏘인 것처럼 너무 무겁고 머리가 조금 어지럽다. 한마디로 이야기하면 감기 증세랑 비슷하다.

이렇게 자꾸 쓰러지니까 힘들고 너무 무섭다. 지금까지는 주변에 사람이 있을 때 쓰러졌지만 만약에 사람이 없으면 나 혼자서 아무것도 할 수 없으니까 위험해지지 않을까? 막 무서워진다.

엄마, 아빠, 동생은 다 괜찮은데 왜 나만 자꾸 아플까. 나는 아픈 게 제일 싫다. 이번이 아니라도 어렸을 때부터 자주 아팠다. 동생보다 독감도 더 많이 걸렸다. 아플 때 마음이 얼마나 힘든지도 너무 잘 안다. 몸이 아픈데 마음마저 힘드니, 얼마나 괴로울까. 많이 아파보고 겪어봤으니까 다시는 아프고 싶지 않다.

근데 아프고 싶지 않다고 안 아플 수는 없는 것 같다. 이번에는 목이 아프다. 쓰러지고 다음 날에 동생이 목이 아프기 시작했다. 조심한다고 슬슬 피해 다녔는데 결국 동생한테 옮은 것 같다. 나한테 감기를 옮긴 동생이 너무 원망스럽다. 그렇다고 화를 낼 수도 없고 너무 답답하다. 동생이 아프고 나서 내가 아팠으니까 옮은 게 맞는데 혹시 다른 데서 옮았을 수도 있으니 화를 못 내겠다. 이런 걸 '심증은 있는데 물증은 없다'라고 하는 것 같다.

생각해보면 동생도 아프고 싶어서 아픈 게 아니다. 나
도 쓰러지고 싶어서 쓰러지는 게 아닌 것처럼 말이다. 나는
많이 아파봤고 아프면 어떤 마음인지 너무 잘 아니까 내가
참자. 늘 그랬듯이 나쁜 일이 생각나면 좋게 좋게 생각하는
것처럼 약 먹으면 금방 나을 거야 하고 다 나을 때까지 기
다릴 것이다. 감기는 시간이 지나면 '언제 다 나았지?' 하고
생각하는 날이 금방 찾아오니까.

여름 그리고 바다

뜨거운 여름 8월, 무더위를 이겨내기 위해 나는 바다로 갔다.

끼룩끼룩 우는 갈매기, 햇빛을 받아 뜨거운 모래사장, 내 발을 스쳐 지나가는 차가운 바닷물, 여기는 나의 천국이다.

바닷물에 들어가자 온몸이 시원해졌다. 나는 물장난도 치고 튜브를 타고 놀기도 했다.

계속 물에서 놀자 슬슬 배가 고프기 시작했다. 역시 여름엔 팥빙수 한번 먹어줘야지. 시원하게 갈린 얼음 위에 연유를 뿌리고 팥과 여러 가지 과일을 올리면!

와! 맛있겠다.

한입 입 안에 넣으면,

와~ 싫었던 여름이 좋아지는 순간.

그렇게 팥빙수를 먹고 파라솔 밑에 누워서 낮잠을 잔다.

잔잔한 파도 소리, 크지는 않지만 시끌벅적한 사람들 웃음 소리, 시원하지 않지만 기분 좋은 따뜻한 바람, 나는 이런 편안한 곳에 있다. 힘들었던 일상으로 돌아가고 싶지 않을 만큼 나는 이 순간이 너무 행복하다.

집으로 돌아가는 길에 생각한다. 하~ 이런 행복이 계속 되길…

복지관 이야기 1.
체육 수업하는 날 – 게이트볼

    오늘은 화요일, 복지관에 가는 일주일 중에서 제일 기대되는 날이다. 그 이유는 화요일마다 체육 수업을 하기 때문이다. 체육 시간마다 지는 팀은 벌칙을 받는다. 벌칙이 힘들긴 한데 화요일이 되면 나도 모르게 기대하게 된다. 그만큼 체육 수업이 재미있는 것 같다.

    한동안 체육 수업을 못 했었다. 한 번은 체육 선생님이 코로나에 걸리셔서 수업을 못 했고, 또 한 번은 내가 여행을 가서 못 했다. 그리고 또 한 번은 선생님이 개인 사정이 있어서 못 했다. 이렇게 세 번이나 빠져서 그런지 오늘은 체육 시간에 뭘 할지 더 기대되었던 것 같다. 그렇게 들뜬 마음으로 체육을 시작했는데 웬걸, 수업 시간 내내 힘들어서 죽을 뻔했다.

    오늘은 게이트볼을 했다. 게이트볼은 동그란 공을 긴 막대기로 쳐서 상대편이 골대에 공을 못 넣게 막은 다음 내

쪽 골대로 집어넣으면 이기는 게임이다. 그런데 골대에 공을 한 번도 넣지 못했다. 왜냐하면 공을 골대까지 잘 몰고 갔는데 골대에 넣으려고 할 때마다 자꾸 공을 빼앗겼기 때문이다. 공을 넣는 사람은 우리 팀인 나와 지윤이 언니 두 명이 있어서 유리했는데 마지막에 꼭 강정호한테 계속 빼앗겼다. 너무 분했다.

평소에도 장난을 많이 치는 강정호가 얄미웠기에 체육 시간만큼은 걔한테 지고 싶지 않았다. 하지만 오늘은 정말 기억에서 지우고 싶을 만큼 충격적이었다. 적에게 꼭 이기고 싶은 마음은 인간의 본능인 것 같다. 비록 내 실력이 부족하더라도 너한테 만큼은 지지 않겠다고 마음을 굳게 먹었는데 말이다. 이기는 날이 있으면 지는 날도 있다며 질 때마다 계속 자신을 달랬지만 오늘은 계속 지기만 해서 좋게 생각할 힘도 없다.

체육 시간 내내 마음도 너무 힘들고 몸도 많이 힘들었다. 이렇게 힘든 건 오늘이 처음이었다. 다음에도 한다는데 과연 잘 할 수 있을까? 솔직히 자신이 없다. 이런 마음이 드는 나 자신이 너무 자존심 상한다. 하필 딴사람도 아니고 강정호한테 지다니!

하지만 다시 마음을 고쳐먹는다. 다음번에는 기필코 이기고 말 것이다. 강정호. 두고 보자.

복지관 이야기 2.
체육 수업하는 날 - 컬링

　매주 화요일마다 하는 복지관 체육 수업은 매번 다른 종목을 한다. 그리고 규칙도 있는데 게임에서 질 때마다 벌칙을 받는 것이다. 벌칙도 매번 다르다.

　오늘은 컬링을 했다. 컬링은 컬링스톤을 하우스라는 큰 동그라미와 작은 동그라미가 있는 곳에 밀어서 가장 가깝게 맞추는 사람이 이기는 게임이다. 게임보다 더 중요한 오늘의 벌칙은 의자 위에 배를 대고 누워서 팔이랑 손을 쭉 편 다음 1분을 버티는 것이었다. 나는 그동안 본 벌칙 중에서 오늘 받는 벌칙이 제일 괴로워 보였다. 버티는 것이 너무 힘들 것 같고 자신이 없었기 때문이다. 그래서 이 벌칙을 안 받으려면 게임에서 꼭 이겨야 했다.

　컬링스톤을 잡고 밀려고 할 때마다 마음으로 '정확하게 던져야지!'하고 반복해서 계속 생각했다. 첫 번째 게임에서는 내가 이겼다. 그래서 정호가 벌칙을 받았다. 정호는 웃으면서 벌칙을 받았다. 그런 정호를 보니까 어이가 없었다. 어휴 얄미워.

　이어진 두 번째 게임에서도 내가 이겼다. 또 정호가 벌칙을 받았다. 정호는 힘들지도 않은지 쉽게 벌칙을 받았다. 세 번째 게임에서는 내가 지고 말았다. 그래서 힘든 벌칙을 받게 됐다. 내 마음 같아선 벌칙을 안 받고 도망치고 싶었지만, 강정호가 두 눈을 부릅뜨고 보고 있어서 그러지를 못했다. 내가 벌칙을 안 받으면 "아~ 송현이 누나 치사하게 왜 벌칙 안 받는데~" 이런 말을 할 게 뻔하니까. 그리고 나는 강정호랑 똑같아지고 싶지 않기 때문이다. 사실 강정호 때문이 아니더라도 체육 선생님은 그냥 안 넘어가시니까 받기 싫은 벌칙을 할 수 없이 받아야 한다.

　체육 선생님이 가끔 엄하고 벌칙 받는 게 힘들지만, 이상하게 나는 체육 시간이 기다려진다. 어떤 수업을 할지 속으로 많이 궁금하고 기대가 되기 때문이다. 경쟁자가 있어서 게임이 더 재미있는 것 같기도 하다. 벌칙도 사실은 우리의 체력을 기르기 위한 것이니 좋게 생각해야겠다. 하지만 다음 체육 시간에는 벌칙을 받지 않도록 꼭 게임에서 이길 것이다.

복지관 이야기 3.
체육 수업하는 날 – 스포츠스태킹

　오늘은 체육 시간에 컵 쌓기를 했다. 고등학교 때 한번 해 보고 오랜만에 해 보니까 진짜 재미있었다.

　컵 쌓기는 다른 말로 스포츠스태킹이라고 하는 걸 오늘 처음 알았다. 스포츠스태킹에는 3-3-3 스태킹과 3-6-3 스태킹, 사이클 스태킹 이렇게 있다고 한다. 3-3-3 스태킹은 9개의 컵을 사용해 3개씩 쌓고 내리는 것이다. 3-6-3 스태킹은 12개의 컵으로 3개, 6개, 3개를 쌓고 내리는 것이다. 사이클 스태킹은 3-6-3 스태킹과 6-6 스태킹, 1-10-1 스태킹을 이어서 하는 것이다.

　사이클 스태킹 종목으로 정호랑 네 번이나 대결을 했다. 오늘의 대결 결과는 내가 다 이겼다. 그 이유를 유심히 살펴보았다. 정호는 빨리하려고 하다가 컵을 자꾸 바닥에 떨어뜨렸다. 나는 조심조심하면서 컵을 쌓으니까 컵을 바닥에 하나도 안 떨어뜨렸는데 말이다.

오늘은 정말이지 체육 수업이 재미있었다. 다음 주에는 어떤 수업을 하게 될까? 다음 주 수업에서도 내가 이겼으면 좋겠다.

복지관 이야기 4.
제일 좋아했던 선생님

　내가 만난 선생님 중에서 제일 좋아했던 선생님은 복지관 돌봄교실에서 처음 만났던 여자 선생님이었다. 그 선생님은 머리가 짧고 마스크로 코와 입을 가린 얼굴이 정말 예뻤다. 나는 선생님 얼굴을 뵐 때마다 '와 예쁘다'라고 마음속으로 계속 생각했다. 선생님이 "송현아~" 라고 불러 주시면 괜히 기분이 좋아졌다. 그래서 그런지 언젠가부터 선생님 수업이 좋아지게 되고 재미있어졌다. 그래서 나는 그날을 손꼽아 기다리게 됐다. 한번은 수업하는 날도 아닌데 억지로 깍두기처럼 끼여서 수업을 한 적도 있었다.

　그런데 나에게 안 좋은 소식이 들려왔다. 선생님이 다른 복지관으로 가신다는 소식이었다. 선생님이랑 보냈던 시간들이 너무 짧게 느껴졌다. 고등학교 3학년 때 돌봄교실에 처음 와서 선생님을 만났는데 봄이랑 여름, 두 계절 밖에 함께 하지 못했다. 선생님을 좋아했던 만큼 헤어지는 게 너무 힘들었다. 내 마음에는 '선생님 가지 마세요!'라는 말이 가득했는데 말을 할 수 없었다. 말을 하고 나면 눈물이 나올 것 같았다. 그렇게 슬픈 마음이 가득한 채로 선생님이랑 이별할 수밖에 없었다. 이렇게 마음 깊이 좋아했던 선생님은 처음이었다. 그때 못 했던 말들을 여기에 해야겠다.

"선생님, 제가 많이 좋아해요."

엄마가 있어 좋은 날들

엄마의 직업은 미용사다. 지금은 '○○헤어'라는 가게를 내시고 손님의 머리를 잘라 주고 계신다.

엄마가 미용사라서 좋은 점이 있다. 좋은 점은 머리를 자를 때 돈을 안 내도 된다는 것이다. 여태껏 엄마가 머리를 잘라 주셨지만 한 번도 돈을 낸 적이 없다. 다른 사람들은 머리를 감으면 추가 요금을 내야 하는데 나는 편하게 머리 감으면서도 추가 요금을 전혀 내지 않는다.

단점도 있다. 스타일을 내 마음대로 할 수가 없다는 것이다. 학생 때에는 머리를 계속 짧게 잘랐다. 긴 머리도 하고 싶을 때가 있는데 공짜로 자르다 보니 원하는 스타일을 이야기할 수가 없었다. 엄마가 머리 자르는 데에는 전문가이다 보니까 그냥 엄마에게 다 맡겨야 했다.

손님의 머리를 계속 만지다 보니까 엄마의 손은 거칠거

칠하고 상처투성이다. 굳은살 하나 없는 매끈한 내 손으로 엄마의 거친 손을 만져 보면 엄마가 하시는 말이 실감 난다. 엄마도 힘들지만 동생 학원도 보내고 우리 먹고 싶은 것도 사 주려면 열심히 일해야 한다고 계속 이야기하신다. 주말이 되면 나랑 동생은 집에서 놀지만, 나랑 동생을 위해 씻고 준비해서 일터로 나가시는 엄마를 보면 괜히 가슴이 뭉클해진다.

까칠까칠하고 상처투성이인 엄마의 손은 동생이랑 나를 먹여 살려 주는 우리 집에 없으면 안 되는 귀중한 손이다. 엄마한테 고맙다는 말을 한 번도 해 보지 않았지만, 항상 마음에는 간직하고 있다. 엄마 고마워.^-^

붕어빵

붕어빵은 찬 바람이 부는 겨울이 찾아오면 사 먹지 않고는 못 배기는 달콤한 간식이다. 겨울에는 여기저기 붕어빵 가게가 널려 있다. 어디를 가든 붕어빵의 맛은 한결같다. '크림, 단팥 어떤 맛으로 먹을까?'하고 고민하는 것도 너무 재미있다. 그런데 크림도 단팥도 둘 다 너무 맛있어서 하나만 선택하는 게 너무 어렵다.

그래서 나의 결정은

"아줌마, 크림이랑 단팥 섞어서 주세요."

이렇게 사고 나면 '역시 현명한 선택이었어!'하고 든든해진다.

붕어빵을 한입 베어 물면 쫀득쫀득한 식감의 달콤한 맛이 확 퍼진다. 손이 계속 포장지로 들어간다. 한 개, 두 개, 세 개, 네 개, 다섯 개 뒤적뒤적…. 어? 다 먹었네. 힝.

아쉽지만 몸도 마음도 따뜻해졌으니 좋아.

어릴 때의 나에게
어른이 된 내가 써 주는 편지

안녕? 나는 20살이 된 지영이야. 아 맞아 이제는 송현이지. 18살 때 이름을 바꿨거든. 지금의 나는 주변 사람들한테 송현이라고 불려. 그동안 많은 일들이 있었어.

코로나19 바이러스라는 게 생겼어. 그 뒤 우리 생활은 많이 달라졌어. 코로나19 바이러스에 감염되지 않도록 항상 마스크를 쓰고 다녀. 마스크를 쓰지 않으면 버스에도 못 타. 거리 두기, 손 씻기 같은 방역 수칙들이 생겨나고 백신 접종도 했지. 식당에 갈 때마다 백신을 맞았는지 안 맞았는지 체크도 해야 했어.

나에게도 많은 변화가 생겼지. 18살 때 갑자기 쓰러졌어. 병원에 가 검사해 보니 뇌전증이라고 했어. 뇌전증 판정을 받은 뒤 매일 저녁에 약을 먹고 있어. 또 발작이 올까 봐 항상 겁이 나.

아! 중요한 걸 빠뜨렸다. 지금은 대구성보학교 전공과에 다니고 있어. 꼭 오고 싶었던 곳이라 전공과에서의 생활이 너무 즐거워. 수업도 재미있고 친구들이랑 사이도 좋고 대구성보학교에 다니면서 취업하기 위해 많은 걸 배웠어. 그리고 현장실습을 나가고 취업도 했지.

취업을 한 곳은 아라보다 출판사야. 어른이 되어서 글쓰기에 소질이 있다는 걸 발견했어. 글 쓰는 건 너무 재미있어. 재미있는 일을 하면서 돈을 벌 수 있다는 게 나에게는 큰 행복인 것 같아. 지금의 나의 꿈은 재미있는 이야기들을 많이 쓰는 작가가 되는 거야. 내가 쓴 책을 사람들이 좋아해 준다면 어떤 느낌일까? 너무 궁금하고 기대돼.

꿈이 생기니까 한편으로는 걱정도 돼. 내가 쓰는 글은 주변 사람들이 다 칭찬해 주시거든. 하지만 지금의 나는 더 성장해야 한다고 생각해. 내가 쓴 글은 얼핏 보면 잘 썼다고 생각할 수 있지만, 많은 사람들이 재미있게 읽을 수 있는 글은 아닌 것 같아. 그래서 너무 걱정돼. 내 글이 성장하지 않고 그대로일까 봐 말이야.

그래도 난 포기하지 않을 거야. 글을 쓰는 연습을 많이 해서 언젠가 많은 사람들이 재미있게 읽을 수 있는 글을 꼭 쓰고 말 거야. 글을 쓰는 건 작가의 일이자 의무이니까. 내가 좋아하고 잘하는 일을 사람들에게 인정받게 된다면 얼마나 좋을까?

추석

올해 추석은 9월 9일부터 12일까지였다. 원래 추석은 9월의 마지막 주 아니면 10월 초인데 올해는 9월 초라서 조금 어색했다. 추석은 봄부터 계속 기다리게 된다. 추석에는 맛있는 것도 많이 먹고 윷놀이도 하고 용돈도 많이 받으니까.

이번 추석에는 많은 일들이 있었다. 첫째 날은 아빠가 휴대폰을 사 주셨다. 원래 아빠는 나에게 이것저것 잘 사 주신다. 아무리 그래도 휴대폰은 비싼데 사 주실까 싶었다. 그런데 이제 내가 곧 취업한다고 하니까 미리 축하한다는 의미로 휴대폰을 사 주셨다.

둘째 날에는 아빠가 동생과 함께 아침 일찍 큰집에 벌초하러 나가셨다. 나는 오전 내내 집에 있었다. 엄마가 텔레비전을 보고 계셔서 내가 보고 싶은 드라마를 보지도 못하고 그냥 침대에서 뒹굴뒹굴 놀았다. 오후 4시가 넘어서야 할머니 집에 갈 준비를 했다. 목욕하고 머리 말리고 옷 갈아입고 이렇게 준비하다 보니까 5시 30분이 다 되었다. 시간을 보니까 마음이 급해져서 쫓기듯이 집에서 나왔다. 원래 할머니 집에 갈 때는 시간을 신경 안 쓴다. 그런데 내가 6시까지 간다고 약속했고 아침에 동생이 늦장을 부리다 혼나는 모습이 생각이 나서 시간을 안 지키면 혼나겠다는 생각이 들었다.

할머니 집에 오니 고모들이랑 고모부들께서 취업하게 된 것을 축하해 주셨다. 그리고 윷놀이도 했다. 가족들끼리 편을 나누고 각자 팀에서 만 원을 내고 윷놀이를 시작했다. 나는 아빠 팀이었다. 한 번은 할아버지 팀이 이기고 한 번은 아빠 팀이 이겼다. 한 번이지만 이길 땐 정말 기분이 좋았다.

추석 마지막 날에는 갓바위에 올라갔다. 원래는 힘들어서 등산은 잘 하지 않는데 이번에는 빌어야 하는 소원이 있어서 꾹 참고 올라갔다. 꼭대기에 계신 부처님 앞에서 기도를 드리고 초도 하나 태웠다. 갓바위에서 보는 경치도 너무 아름다웠다. 이래서 사람들이 산을 오르는구나 싶었다.

이번 추석에는 갓바위도 올라가 보고 새 휴대폰도 바꾸고 새로운 일들이 많았던 것 같다. 부처님을 볼 때 들었던 생각인데 부처님 앞에서 소원을 빌면 진짜 소원이 이뤄질까? 궁금하다.

엄마가 같이 있으면 좋은 점

엄마가 집에 같이 있으면 좋은 점이 있다. 바로, 운동을 하거나 맛있는 걸 먹으러 갈 때에 그렇다.

운동을 혼자 하는 건 아무 재미가 없다. 혼자 운동하면 내 옆에 있는 빈자리가 너무 쓸쓸하게 느껴지기 때문이다. 엄마라도 옆에 있으면 운동이 훨씬 재미있다. 같이 운동하면 왠지 힘이 나고 지겹지 않아서 좋다.

그리고 엄마랑 나는 입맛이 비슷해서 그날그날 먹고 싶은 게 비슷하다. 혹시나 엄마랑 내가 먹고 싶은 음식이 다를 때도 똑같이 다 좋아하는 음식이라서 싸우지는 않는다.

이제는 음식을 사 먹을 때 엄마가 나보고도 월급을 받으니까 돈을 내라고 하신다. 그래서 한 번씩 돈을 낸다. 이렇게 낼 수 있는 돈이 있다는 게 얼마나 든든한지 모른다. 맛있는 걸 먹고 싶을 때 아무 때나 사 먹을 수 있고, 엄마 눈치도 안 보고 당당히 돈을 내고 먹고 싶은 걸 먹을 수 있으니까 말이다.

엄마가 같이 있으면 가끔 요리를 해 주신다. 떡볶이, 돈가스, 김밥. 이 세 가지 음식들은 가끔 생각난다. 이 음식들은 엄마가 쉬는 날에 꼭 먹고 싶다. 해 달라고 하면 엄마는 "사 먹으면 되지!" 하며 핀잔을 주시지만 결국 내가 먹고 싶다고 하면 다 해 주신다. 그런 엄마가 때로는 밉다가도 좋다. 엄마들은 다 똑같겠지. 잔소리하실 때는 밉다가도 시간이 지나면 나에게는 둘도 없이 좋은 엄마라는 생각이 드니까.

비염

차가운 바람이 불 때쯤이면 나는 하루도 빠짐없이 비염에 시달린다. 조금씩 기침을 하다가 점점 기침이 심해진다. 그러다가 기침이 그치기 시작하면 또 코가 불편해진다. 계속 재채기가 나와서 콧물을 닦을 수 없는 상황이 오면 굉장히 난처해진다. 비염에 걸리면 기침도 나오고 재채기도 나오고 한 번에 두 가지가 힘들어지니까 너무 괴롭다.

비염에 걸리는 것도 불편하고 싫지만 내 몸이 힘든 것보다 집에서 생활하는 게 더 스트레스를 받는다. 가족들이 기침을 많이 할 때는 기침하는 게 시끄럽다고 뭐라고 하고, 재채기할 때는 휴지를 많이 쓴다고 핀잔을 주신다. 아니, 내가 시끄럽게 하고 싶어서 기침하는 것도 아니고, 휴지를 일부러 많이 쓰는 것도 아닌데 말이다. 비염에 걸리면 아픈 것도 서러운데 핀잔을 들으니 너무 속상하다.

아프고 싶지 않아도 아픔이 찾아오는 것처럼 해가 바뀔 때마다 비염은 계속 나를 힘들게 한다. 그래서 나는 1년에 한 번 차가운 바람이 불면 이비인후과에 가야 한다. 코안에 약을 넣기도 하고 아침, 점심, 저녁 이렇게 세 번은 약을 먹기도 한다.

비염은 나에게 독감 예방 주사 같다. 매년 한 번씩 찾아와서 나를 이렇게 아프게 하니까.

입안에 생긴 상처

나는 먹는 걸 좋아한다. 그런 나에게 음식을 못 먹게 되는 날이 있을지는 상상조차 하지 못했다. 그런데 나에게 그 날이 찾아왔다. 입안에 상처가 생긴 것이다. 여태까지 길에서 많이 넘어져서 다리에 상처가 생기는 건 그러려니 했는데, 입안에 상처가 생기는 건 처음이라서 당황스러웠다.

근데 이 상처가 생기고 나서 밥을 잘 못 먹게 됐다. 입안에 음식이 들어가면 상처에 닿아서 너무 아프고 씹을 수도 없었다. 그래서 좋아하는 음식들은 먹을 수도 없었다. 그나마 먹을 수 있는 건 죽이었다. 그런데 죽도 입안에 넣으면 아파서 먹기가 너무 힘들었다. 음식을 앞에 두고 먹지 못하는 마음이 이런 거라는 걸 처음 알았다.

입안에 있는 상처가 빨리 사라져야 좋아하는 음식들을 마음껏 먹을 수 있다니. 이때는 상처가 빨리 사라지는 게 나의 최대의 소원이었다. 3~4일 정도 병원에 다니면서 입 안에 생긴 상처에 약을 계속 발랐다. 다리를 다치면 항상 상처에 약을 바른 것처럼 말이다. 그렇게 입안에 있는 상처는 다 나았다.

역시나 시간이 지나면 상처는 다 낫기 마련인 것 같다. 하지만 입안에 상처는 다시는 안 생겼으면 좋겠다. 먹는 걸 참는 건 아픈 것보다 더 괴로우니까.

편의점

편의점은 나의 아군이자 적군이다.

배가 고프면 제일 먼저 생각나는 아군, 편의점.

돈을 제일 많이 쓰게 되는 적군, 편의점.

지갑에 들어 있는 돈들이 나를 편의점으로 인도한다.

이것저것을 신나게 집은 뒤 계산을 한다.

어이쿠, 만원이나 사버렸네.

하지만 먹을 때는 아무 생각이 없다. 너무 신나게 먹기 때문이다.

그러다 며칠 뒤 빵빵해진 내 배를 보게 된다.

이때 하는 말,

"편의점이 없어져 버렸으면 좋겠어."

결국 편의점은 적군이 되어 버렸다.

외할아버지께서 지은 집

내가 태어날 때부터 고등학교 때까지 살았던 집은 외할아버지께서 지은 집이다. 이 집은 1층과 2층이 있는 주택이다. 주택에는 장단점이 있다. 장점은 아파트 관리비처럼 따로 내야 하는 돈이 없고, 마당이 있어서 빨래를 널어놓으면 잘 마른다는 점이다. 단점은 대문으로 안 들어가면 집으로 들어갈 수 없어서 열쇠가 없으면 계속 밖에 서 있어야 하는 게 조금 불편하다.

외할아버지께서 지은 집은 현관 앞에 서면 집 안이 훤히 들여다보인다. 앞에는 화장실, 옷 방이 있고 왼쪽으로 고개를 돌려보면 잠을 자는 방이 있다. 소파와 TV가 있는 방도 있다. 그리고 오른쪽에는 큰 공간이 있는데 그곳은 주방이다.

이 집에서 외할머니, 이모, 삼촌이 어릴 때부터 계속 살았다고 한다. 이만큼 오래 살다 보니까 곰팡이가 생기고 잘 고장이 나는 등 오래 살았던 흔적이 나타나기 시작했다. 그래서 사계절 내내 조금 힘들었다. 여름에는 에어컨을 틀어도 전혀 안 시원하고, 겨울에는 보일러를 계속 고쳐도 또 고장이 나서 엄청 추웠다.

이렇게 불편한 점이 있었지만 좋아했던 이유는 동네에 좋은 것들이 많아서였다. 집 근처에는 초등학교와 중학교가 멀지 않은 곳에 있어서 왔다 갔다 하기에도 편했다. 그리고 병원이 많아서 아플 때마다 치료를 금방 받을 수 있어서 좋았다. 아픈 몸을 이끌고 버스를 타고 내렸으면 엄청 힘들었을 텐데, 이비인후과, 피부과, 한의원 등 여러 병원이 집 근처에 있어서 아플 때마다 편하게 이용했다. 교통도 편리했는데 곳곳에 버스정류장이 있고 지하철역도 가까이 있어서 아무 데서나 버스를 타거나 지하철을 탈 수 있어서 좋았다.

이제는 아파트로 이사를 와서 훨씬 살기 좋아졌다. 하지만 옛날에 살았던 집에 대한 추억이 있어 그곳이 그립기도 하다.

목욕탕

외할아버지께서 지었던 집 근처 동네에는 시장이랑 목욕탕이 같이 붙어 있다. 그곳에 살 때는 코로나19라는 감염병이 없었던 때였다. 그래서 지금은 가지 못하는 목욕탕에 일요일마다 계속 갔다. 그때가 거의 10년 전인데 아직도 생생하다.

원숭이가 그려진 초록색 가방에다가 갈아입을 옷, 수건, 세면도구를 챙기고 목욕탕으로 갔다. 그 목욕탕 이름은 동서 목욕탕이다. 여탕으로 들어가는 순간 뜨거운 공기가 확 올라왔다. 탈의실에서 옷을 벗고 세면도구를 챙겨서 씻으러 들어갔다. 열쇠는 손목이나 발목에 찼다. 일단 때를 밀어야 하니까 뜨거운 물에 5~10분 정도 들어가 있었다. 진짜 들어가기 싫었지만, 때를 밀려면 들어가서 때를 불려야 한다고 엄마가 계속 이야기했다. 때를 밀 때는 정말 전쟁이었다. 밀어주는 엄마도 힘드니까 아파도 조금만 참으라고 하고 나는 계속 아프다고 짜증을 내고 서로 싸우기 바빴다. 그렇게 때를 밀면서 실랑이하고 나면 온몸에 힘이 하나도 없었다.

따뜻한 곳에만 있다가 밖으로 나가면 추워서 몸을 계속 떨었다. 큰 수건으로 몸을 닦고 몸에 로션을 바르고 옷을 갈아입었다. 500원짜리 동전을 넣고 드라이기로 머리를 말렸다. 마무리로 귀까지 파고 나면 목욕이 완전히 끝났다. 밖으로 나오면 마사지를 받은 것처럼 몸이 날아갈 것 같았다. 목욕탕에서 나오면 날은 항상 어둑어둑해져 있었다.

집에 갈 때는 항상 목욕탕 옆에 있는 동서시장에 장을 보러 갔다. 엄마가 오늘 저녁에는 '카레 해 먹을까? 아니면 삼겹살 구워 먹을까?'하고 물어보면 기분 좋은 목소리로 이것저것 먹고 싶다고 말했던 기억이 아직도 남아있다.

아직도 코로나19 때문에 여전히 목욕탕을 못 가고 있다. 코로나19 바이러스가 얼른 사라져서 다시 10년 전 그때처럼 엄마랑 목욕탕을 같이 갈 수 있으면 좋겠다.

아빠

아빠는 내가 항상 고마워하고 미안해하는 사람이다.
갖고 싶은 게 생겼을 때 뭐든지 다 사 주고
언제나 내 편이 되어 주는 유일한 사람이다.
아빠, 언제나 내게 든든한 사람이 되어 줘서 고마워!
아빠, 많이 많이 좋아해!!

엄마에게

엄마! 갑자기 편지를 쓰려고 하니까 조금 부끄럽다.

내일 엄마 생일이네. 엄마는 내 생일 때 미역국도 끓여주고 맛있는 것도 사주고 그러는데, 나는 돈이 없어서 생일 선물도 못 사주고 또 요리도 못해서 미역국도 못 끓여주고 미안해.

그러고 보니 벌써 2021년이네. 엄마 나이도 벌써 50이고. 엄마도 언젠가는 내 곁을 떠나겠지? 엄마한테 화가 나서 말로는 '나중에 고등학교 졸업하면 혼자 살게!' 이렇게 말을 했지만, 사실은 엄마 없이 살아갈 자신이 없어. 내가 여러 면에서 부족하잖아. 청소도 깨끗이 못하고, 설거지도 잘하지 못하고, 빨래도 잘하지 못하고. 내가 이렇게 부족한데 어떻게 혼자 살 수 있겠어? 그러니까 엄마, 내가 한 말은 진심이 아니니까 엄마가 나를 좀 이해해 줘. 솔직히 엄마도

화가 나서 나한테 나가서 살라고는 하지만 '송현이가 나중에 혼자 잘 살 수 있을까?'하고 내 걱정 많이 하는 거 나도 알아. 그냥 느낌으로….

엄마! 내가 엄마 많이 힘들게 하고 모자란 딸이지만 엄마 많이 좋아하는 거 알지? 엄마, 남은 날 동안 친하게 지내자. 사이좋은 모녀처럼.

그리고 마지막으로 하나, 둘, 셋!

"50번째 생일 축하해. 엄마!"

추신 : 초콜릿은 배고플 때나 피곤할 때 하나씩 꺼내먹어. 엄마는 케이크 싫어해서 안 먹지만 그래도 생일인데 케이크는 있어야 할 것 같아서 한번 그려봤어.

2021년 6월 4일 금요일
엄마 딸 송현이가

초콜릿

평범한 사각 모양에 달콤한 맛을 가진 초콜릿.
이 평범한 초콜릿에는 마법 같은 힘이 있다.
한입 넣는 순간,
'우와~ 어떻게 이렇게 갑자기 기분이 좋아질 수 있지?'
초콜릿은,
사람을 행복하게 만들어 주는 마법의 간식이다.

송현
학교

이미지 메이킹 수업과 보석 십자수

오늘은 재미있는 수업을 했다. 바로 이미지 메이킹*과 보석 십자수 수업이었다. 수업은 A반, B반으로 나눠서 했다. 나는 A반이었다. B반이 오전에 이미지 메이킹 수업을 하는 동안 A반은 다른 교실에서 보석 십자수를 했다.

십자수 그림은 다양했다. 아는 그림도 있고 모르는 그림도 있었다. 나는 집이 하늘로 날아가는 그림을 선택했다. 이 그림을 딱 보는 순간 '어, 아는 그림이네? 영화에서 본 건데. 색깔도 예쁘다'이런 생각이 들면서 마음에 와닿았다. 그런데 문제는 보석을 붙이는 것이었다. 하늘 부분은 한 색

---

*이미지 메이킹 전공과 학생들의 취업 역량을 강화하기 위해서 외부 이미지 컨설턴트를 초빙해 수업을 진행합니다. 자기를 사랑하고 가꾸는 법을 배워 사회생활과 취업 현장에서 더 자신감 있는 삶을 살게끔 도와주는 게 목적이에요.

깔이라 열심히 붙이기만 하면 되는데, 풍선 부분은 알록달록 여러 가지 색깔이라 너무 복잡했다. 그래도 힘들더라도 완성된 작품을 생각하면 기분이 좋을 것 같아서 열심히 했다. 그렇게 2시간 동안 보석 십자수를 했다.

오후 이미지 메이킹 수업 주제는 '5년 뒤에 나는 어떤 사람이 되어 있을까?'였다. 나는 5년 뒤에 살 빼고 예뻐져서 예쁜 옷을 많이 입고 다닐 거라고 이야기했다. 그래서 나의 현재 모습을 그리는 곳에 화장하고 귀걸이를 달고 손에 매니큐어를 바른 예쁜 나의 모습을 그렸다. 그리고 잡지에서 내가 입고 싶은 옷, 예쁜 액세서리 가방을 오려서 붙였다. 한 번이라도 좋으니까 이런 모습으로 살아보고 싶다. 너무 공주병 같은가?

학교 내 일자리의 시작

오늘은 월요일, 학교 내 일자리[*]가 처음 시작되는 날이다. 근데 아침에 일어나니 머리가 어지럽고 몸이 너무 무거웠다. 느낌이 뇌전증 증세랑 비슷했다. 열은 안 나는데 어지럽고 속이 안 좋고 몸이 무거운 걸 보니까 예전에 뇌전증으로 병원에 실려 갔을 때 느꼈던 증세랑 똑같았다.

나는 누워서 생각했다. '아, 학교 가고 싶다', '일해야 하는데', '친구들 보고 싶다'

내 마음은 이미 학교에 가 있는데 몸이 이러니까 갈 수가 없었다. 속상했다.

---

*학교 내 일자리 공립 특수학교에서 장애인 고용 확대를 위해 실시하는 일자리 사업 중 하나입니다. 학교 내에서 주 16시간 정도의 일자리와 최저임금을 제공합니다. 주로 청소, 포장, 사무 보조, 외식 보조, 급식 보조 등의 대인 서비스 보조 직무를 수행합니다. 전공과 학생들 대상으로 면접과 실무 평가를 거쳐서 선발합니다.

다행히 11시쯤 되니 증세가 많이 좋아졌다. 얼른 담임 선생님께 연락을 드리고 학교로 왔다. 몸도 괜찮고, 집에 혼자 있으려니 너무 심심하기도 했기 때문이다. 친구들한테 물었다.

"오늘 학교 내 일자리 했어?"

그랬더니 "아니, 오늘은 꽃 심었어" 라고 했다.

휴~ 나만 빠진 게 아니라서 다행이었다.

점심을 먹고 본격적으로 학교 내 일자리를 시작했다. 선생님께 이런저런 지시사항을 듣고 청소를 했다. 청소도 해 보니까 쉬운 게 아니었다. 집에서 건성건성 하던 것과는 차원이 달랐다. 청소를 해 보니까 잘하는 친구, 못하는 친구, 어려워하는 친구가 확 드러났다. 나도 뭔가 할 때마다 아주 어설펐다.

이렇게 부족한데 내가 앞으로 잘 할 수 있을까?

면접 그리고 취업

오늘은 2학년 오빠들이 외부 회사에 면접을 보러 가는 날!

이제 2학년 오빠들은 전공과의 마지막을 앞두고 있다. 오빠들이 면접을 보러 다니고 취업하는 걸 보니까 '나도 나중에는 저렇겠구나!'하는 생각이 문득 든다. 면접을 준비하는 오빠들을 보니까 고등학교 3학년 때 전공과에 가려고 준비하던 내 모습이 생각난다. 그때는 참 힘들었다. 자기소개서를 외우는 게 어렵고, 달리기할 때 다리도 아프고, 작업할 때 손도 많이 아팠다. 그래도 전공과만 갈 수 있으면 좋겠다는 생각을 계속했던 게 기억난다. 먼저 전공과로 간 오빠, 언니들이 부럽기도 했고, 실력이 부족한 내 모습에 실망하기도 했다. 하지만 내가 할 수 있는 만큼 최선을 다해서 연습했다.

연습하면 할수록 마음이 편해졌다. '시험에 떨어져도 괜찮아. 나는 최선을 다했으니까'이런 긍정적인 마음으로 시험을 쳤더니 합격을 했다. 아마 부정적인 생각만 하고 연습을 게을리했다면 나도 떨어졌을 것 같다. 이런 나처럼 2학년 오빠들도 많이 걱정하고 있겠지.

나는 이렇게 말해 주고 싶다. '면접에 떨어져도 괜찮아. 다음 기회에 더 잘하면 되지. 꼭 붙을 거야'라고 말이다. 긍정적인 마음을 가지고 힘을 내라고 격려해 주고 싶다.

면접

오늘은 내가 학교 내 일자리 면접을 보는 날이다. 학교로 가는 길에는 꼭 마라톤할 때처럼 가슴이 두근두근했다. 나의 마음은 초조함과 불안함으로 가득했다. '면접 볼 때 실수하면 어쩌지?', '모르는 질문이 나오면 어쩌지?', '면접을 잘 못 보면 어쩌지?'하고 걱정을 안 할 수가 없었다.

째깍째깍 시간이 가고 있다. 어떡해!

두근두근하는 심장이 더 빠르게 뛰고 있다. 면접을 보려면 차분해야 해.

'하나, 둘, 셋'

숨 한번 크게 쉬고 이렇게 나에게 최면을 건다.

선생님이 내 이름을 부른다.

"김송현"

"네"

나는 면접실로 들어간다. 합격을 꼭 하고 싶다는 희망을 품고

전공과에서 전 부쳐 먹던 날

어제는 목요일, 오후 수업 시간에 전을 부쳤다. 선생님께서 처음 전을 부친다고 하셨을 때는 엄마가 하는 걸 봤기 때문에 나도 할 수 있겠다고 생각했다. 그런데 문득 이런 생각이 들었다.

'부침가루는 얼마나 넣어야 하지?'

'물은 얼마나 넣어야 하지?'

'달걀은 몇 개를 깨서 넣어야 하지?'

요리를 한 번도 안 해 본 나는 걱정이 되기 시작했다. 특히 달걀은 한번도 깨 보지 않아서 더 걱정이었다. 다행히 달걀은 담임 선생님이 도와주셨고 나머지는 직접 해 보았다. 큰 볼에 부침가루, 물, 달걀을 계량해서 넣고 휘저으니까 반죽이 걸쭉해졌다.

내가 속한 조에서 부칠 전은 가지전이었다. 가지를 썰어야 하는데 칼질은 무섭고 조금 서툴러서 특수교육 실무원 선생님께서 도와주셨다. 그렇게 자른 가지를 큰 볼에 다 부은 다음 다른 재료들과 골고루 섞이게 조물조물했다. 그러고나서 달군 프라이팬에 기름을 두르고 가지를 옮겼다.

'치이익'소리가 났는데 꼭 팝콘이 빨리 터지는 소리 같았다. 직접 부치지는 않았지만, 옆에서 선생님이 부치는 모습을 보니까 쉽지 않아 보였다. 나는 아직 전을 부칠 자신이 없어서 선생님이 재료가 필요하다고 하면 갖다드리고 접시가 필요하다 싶으면 갖다 놓고 하면서 보조 역할을 했다. 한 시간 정도 지나 모든 조에서 각각 전이 다 완성되었다.

조마다 전이 다르니까 큰 테이블에 각 팀의 전을 다 깔아 놓고 시식을 했다. 깻잎전, 김치전, 감자전 등 여러 가지가 있었다. 다 맛있었지만, 굳이 한 개를 꼽자면 우리 조가만든 가지전이 제일 맛있었다. 원래 자기가 만든게 제일 맛있는 법이다.

요리 수업은 힘들기도 했지만 엄청 재미있었다. 요즘에 코로나19 바이러스 때문에 요리 수업을 많이 못해서 아쉬웠는데 이번 전 요리는 좋은 추억으로 남을 것 같다.

계절

　계절들은 서로 자기들만의 특징을 가지고 있다. 그래서 계절들은 서로 가지고 있는 특징을 이용해서 사람들이 어떤 계절을 많이 좋아하는지 알아보기로 했다.

　봄이 이야기했다. 나는 겨울이 지나가면 찾아오는 봄이야. 내가 오면 차가웠던 세상이 따뜻해지기 시작해. 그렇게 세상이 온기로 가득해지면 나뭇가지에는 꽃봉오리가 하나둘씩 올라오고 그 꽃봉오리에서는 꽃이 피어나. 그 꽃은 바로 봄 하면 딱 생각나는 벚꽃이야. 벚꽃이 흩날리면 세상이 보석처럼 아름다워. 하지만 이 보석 같은 세상이 오래가지는 않아. 2~3일이면 다 져 버리기 때문이지. 나는 사람들에게 이 아름다운 풍경을 길게 보여 주지 못해서 속상해. 그래도 매년 내가 찾아올 때마다 사람들에게 보석 같은 벚꽃의 아름다움을 선물해 줄 수 있다는 게 나의 장점인 것 같

아. 봄 하면 사람들은 벚꽃을 제일 먼저 떠올리니까.

여름이 이야기했다. 날씨가 따뜻하기만 하면 재미없지. 이제 더워질 때야. 내가 찾아오면 따뜻했던 세상이 뜨거워지기 시작해. 이게 무더위지. 낮이나 밤이나 나는 하루 종일 짱짱해. 그래서 사람들은 더운 날씨를 이겨 내기 위해 휴가를 떠나 바닷가나 계곡에서 물놀이를 하지. 팥빙수랑 아이스크림을 먹으면서 시원하게 보내기도 해. 난 사람들에게 휴가 때마다 좋은 추억을 선물해 줄 수 있어서 좋아. 사람들에게 추억은 소중하니까.

가을이 이야기했다. 계속 덥기만 했으니까 이제는 시원해야겠지? 내가 찾아오면 무더웠던 날씨가 풀리면서 시원한 바람이 불기 시작해. 가을 하면 그림 같은 풍경이 일품이지. 마당 한쪽에 있는 나무에는 감이 주렁주렁 달려 있고 바닥에는 빨강, 노랑, 주황 여러 가지 빛깔의 낙엽들이 가득 쌓여 있지. 낙엽으로 물들어진 세상은 알록달록 참 예뻐. 그걸 바라보는 사람들의 얼굴에는 미소가 가득해. 이 알록달록한 풍경으로 사람들을 웃게 만들 수 있다는 게 나한테는 너무 좋은 점인 것 같아.

겨울이 이야기했다. 시원했으면 이제는 추워져야겠지? 내가 찾아오면 시원했던 세상은 차가워지기 시작해. 겨울 하면 사람들은 디즈니의 겨울왕국처럼 눈을 제일 먼저 떠올리지. 항상 눈이 왔으면 좋겠다고 생각하고 기다리게 돼. 눈이 오면 온 세상을 하얀 물감으로 칠해 놓은 것처럼 아름다워. 사람들은 추운 날씨에 힘들어하다가도 눈이 오면 기운이 나는 것 같아. 눈싸움도 하고 눈사람도 만들고 말이야. 나에게는 눈을 내리는 능력이 있어서 좋아. 잠시나마 사람들을 재미있게 해 줄 수 있으니까.

그렇게 계절들은 자기가 가지고 있는 특징을 자랑했어. 근데 사람들은 어떤 계절을 제일 많이 좋아할까? 난 봄도 여름도 가을도 겨울도 다 다른 매력들이 있어서 사계절이 다 좋아.

전공과 친구 지은이

전공과에는 탁구 치는 걸 좋아하고 잘하는 친구 지은이가 있다. 지은이는 매일 학교를 마치고 탁구를 치러 간다. 다른 사람들한테는 취미로 치는 탁구겠지만 지금 지은이한테는 직업을 가질 수 있는 특별한 능력이고 재능이다. 나는 지은이가 부럽다. 좋아하는 게 있고 잘하는 게 있으니까. 나도 이 둘 중 하나라도 가지고 싶다.

옛날에는 잘하는 게 없다고 생각해서 누가 나에게 '넌 뭘 잘해?'라고 물으면 아무 말도 할 수 없었다. 지은이처럼 잘하는 게 있었다면 나도 큰소리칠 수 있었을 텐데 말이다. 어릴 때는 학원도 많이 다녀봤다. 하지만 시간이 지나도 실력은 늘지 않았다. 자꾸만 잘하는 친구들이랑 비교가 되어서 결국 1년을 채우지 못하고 그만두게 되었다. 일찍 잘하는 걸 발견한 지은이는 얼마나 좋을까?

하지만 나도 좋아하는 게 있다. 나는 이야기하는 것을 좋아한다. 하고픈 이야기를 다 못해 답답해할 만큼 이야기가 좋다. 그래서 언젠가부터는 하고 싶었던 말들을 글로 쓰기 시작했다. 아직은 내가 글 쓰는 걸 잘하는지 모르겠다. 나는 운동신경이 없어서 지은이처럼 운동을 잘할 수는 없다. 하지만 글쓰기는 즐겁게 할 수 있다. 글쓰기도 마냥 쉽진 않지만, 세월이 많이 지나가면 내가 쓴 글 때문에 나 자신을 엄청 자랑스럽게 생각할 것 같다.

"예전의 내가 있어서 지금의 내가 있는 거야."

많이 변해 가는 전공과 생활

오늘은 월요일, 학교를 와 보니까 빈자리가 점점 많아지고 있다. 오늘까지 합쳐서 4명이 취업을 했다. 오늘도 그렇지만 지난주에도 내 옆에 있는 빈자리를 보면서 마음이 조금 이상했다. 오늘이 지나면 다음 주에는 못 보겠지 하고 마음이 조금 슬펐다. 헤어지는 게 아직 익숙하지 않아서 이런 슬픈 마음이 드는 것 같다.

내 마음처럼 친구들이 계속 옆에 있을 수는 없을 거다. 좋은 생각으로 잘됐다고 축하한다고 해 줘야 하는데 나는 자꾸 빈자리를 보면서 슬픈 마음이 든다. 머리로는 이해하는데 마음은 어쩔 수 없다는 말이 조금 이해가 된다. 잊어야 하는데 잊지 못하는 마음처럼.

학교 내 일자리에도 변화가 생겼다. 원래 학교 내 일자리에 취업해 있던 친구들이 외부 업체로 취업을 나가면서 빈자리에 현수랑 규진이가 들어왔다. 또 대인 서비스 일자리에서 일하던 지은이가 사무 보조 일자리로 옮겨갔다. 새로 들어온 현수랑 규진이와 청소를 하니까 불편한 게 조금 있었다. 늘 같이하던 친구들과 하는 것과 새로 들어온 친구들과 하는 것은 하늘과 땅 차이다. 늘 같이하던 친구들은 하늘이고 새로 들어온 현수랑 규진이는 땅이다. 그만큼 같이 청소할 때 실력 차이가 크게 난다는 뜻이다.

지금은 처음이니까 서툰 게 맞다. 나도 처음에는 그랬으니까. 청소기에 전선 정리하는 것도, 빗자루질도, 대걸레로 닦는 것도 처음에는 많이 서툴겠지만 몇 주가 지나고 나면 익숙해져 있을 것이다. 현수랑 규진이가 어떻게 하는지에 달려 있지만.

바리스타 수업

목요일에는 매주 사회적응 활동*을 하는 날이다. 사회적응 활동은 외부에서 강사 선생님이 한 분 오셔서 수업해 주신다. 보통 A반, B반 두 그룹으로 나누어 반끼리 활동하는 날이다. 나는 원래 B반인데 오늘은 종일 A반에서 수업했다. A반 친구가 한 명 취업을 하는 바람에 빈자리가 생겼기 때문이다.

오전에는 바리스타 수업을 했다. 이번 학기의 마지막 수업이라 아쉬운 마음도 들었다. 하지만 마지막이니까 더 열심히 즐겁게 참여해야겠다고 생각했다. 오늘은 내가 좋아하는 걸 많이 만들어 보았다. 마들렌도 만들고, 고구마라떼

***사회적응 활동**: 전공과 학생들이 졸업 이후에 사회생활에 잘 적응할 수 있도록 다양한 현장 체험학습이나 문화, 예술 강좌 프로그램을 선정해서 활동을 진행합니다.

도 만들었다. 마들렌은 고등학교에서도 한 번씩 만들어 봤지만, 고구마라떼는 처음 만들어 봤다.

고구마라떼를 만드는 방법은 먼저 큰 컵에다가 자색 고구마 가루를 넣고 뜨거운 물을 부은 다음 긴 수저로 잘 섞이도록 젓는다. 그 후 우유를 넣고 넘치지 않게 얼음을 넣은 뒤 또 한 번 수저로 저어주면 완성이다. 마셔 보니까 달콤하고 진한 고구마 맛이 나면서 건강해지는 느낌이 들었다. 바리스타 수업에서 만들었던 메뉴 중에서 제일 기억에 남을 것 같았다.

방학을 며칠 앞두고 우리 반이 아닌 다른 반에서 수업하면서 좋은 추억을 만들 수 있어서 좋았다. 2학기가 되면 친구들이 취업하러 많이 나가니까 학교에 남은 친구들이 별로 없을 것 같다. 취업하기 전까지 열심히 수업에 참여하면서 좋은 추억을 많이 만들어야겠다.

학교 내 일자리를 하면서
들었던 생각과 느낌

1학기의 마지막을 알리는 여름방학 날이다. 전공과에 들어오니까 시간이 너무 빨리 지나간다. 1학기에는 정말 좋은 추억들이 많았다. 특히 학교 내 일자리가 가장 기억에 많이 남는다. 3월에 학교 내 일자리 면접에 긴장하면서 참여했던 기억이 난다. 4월에는 열심히 땀 흘려 일하고 첫 월급도 받았다.

전공과에서의 일과는 이렇다. 등교하고 나면 조회를 하고, 체육활동을 1시간 정도 한다. 그리고는 밖에 나가서 빗자루로 낙엽을 쓸어 담는다. 그러고 나면 오전은 금방 가 버린다. 오후에도 학교 내 일자리를 하는데 주로 실내 청소를 한다. 복도와 교실을 청소기와 빗자루를 이용해 청소하고, 대걸레로 닦는다. 이렇게 청소를 하다 보면 오후도 시간이 금방 가 버린다. 일을 하면 시간이 금방 가서 좋다. 고등학교 수업 때는 시계를 계속 쳐다보면서 언제 종이 치나 기다리는 게 지치고 힘들었는데 전공과에 오고 나서는 시계를 보는 일이 거의 없었다.

청소를 하면 월급도 받으니까 마음이 든든했다. 나한테 월급이 생기니까 내가 사 먹고 싶은 것, 내가 사고 싶은 것들을 눈치 안 보고 살 수 있어서 좋다. 이번에 받은 월급으로는 여자들이 많이 들고 다니는 백팩을 하나 장만했다. 그 백팩은 19,800원인데 돈을 벌기 전 같으면 사지도 못했을 거다. 지금 나한테는 월급으로 받은 돈이 있으니까 '뭐 이 가방 하나쯤은 사도 괜찮겠지'하고 생각하면서 바로 하나 구매했다. 처음으로 내가 번 돈으로 내가 사고 싶은 걸 사니까 너무 좋았다. 이래서 사람들이 힘들어도 돈을 버는구나 싶었다.

내 목표는 돈을 열심히 벌어서 명품 가방을 하나 사는 것이다. 명품 가방을 살 수 있도록 열심히 일하자!

나에게 돈이 있으면 안 되는 이유

　나에게는 버릇이 하나 있다. 그게 무엇이냐 하면 한번 꽂힌 물건들을 계속 사는 것이다. 파우치, 가방, 텀블러 이 세 가지는 여러 가지 디자인이 있어서 그런지 한번 사고 나면 끝이 나지 않는다. 마음에 들어서 샀지만, 사고 나면 뭔가 부족한 느낌이 든다. 분명히 내가 마음에 들어서 산 건데 막상 집에 가져 오면 아까 처음에 봤던 걸로 사 올 걸 하고 자꾸 후회하게 된다. 그러니까 똑같은 종류의 물건을 계속 사게 되는 것 같다.

　내가 사는 물건은 처음에는 예쁘지만, 시간이 지나면 싫증이 난다는 게 문제다. 오래 쓸 수 있는 물건을 사는 게 제일 어렵다. 나는 물건을 살 때 첫 번째로 디자인을 본다. 파우치를 살 때는 물건 넣는 공간이 넓었으면 좋겠다고 생각하지만 예쁜 디자인이 있으면 그쪽으로 눈이 간다. 파우치가 내가 원하는 대로 넣는 공간은 넓지 않더라도 디자인이 아주 예쁜 경우에는 묻지도 따지지도 않고 바로 사 버린다. 이때만큼은 '디자인이 예쁘면 최고지!'라고 생각하기 때문이다.

내가 왜 자꾸 사게 되는지 여기에 이유가 있다. 사러 갔을 때 실용성 같은 건 무시하고 오직 디자인만 보면서 사니까. 아무리 예쁜 디자인이라도 막상 쓰기 시작하면 불편해지기 마련이다. 그러다 보면 싫증 나게 되고 오래 쓰지 못하게 된다. 결국은 또 다른 종류로 바꾸게 되는 일이 일어나는 것 같다.

처음에 살 때부터 실용성도 좋고 예쁜 디자인이 있는 모든 조건을 갖춘 물건을 살 수 있도록 미리 고민해 볼 필요가 있을 것 같다. 그래야 똑같은 물건을 계속 사는 버릇을 고칠 수 있을 테니까 말이다.

매일 똑같이 흘러가는 시간

나의 하루는 시계를 보면서 시작된다.

지금 몇 시지? 정신이 덜 든 상태에서 손을 이리저리 움직여 휴대폰의 시간을 보면 7시. 빨리 일어나서 씻고 준비해야 7시 40분에 오는 버스를 탈 수 있는데 몸이 말을 안 든다. 그래서 '5분만 더 자야지'하다가 7시 40분에 타야 하는 버스를 못 탈 때도 있다. 그래도 다행인 건 버스가 오는 간격이 짧아서 늦게 나오더라도 다음 버스가 바로 오기 때문에 학교에 그렇게 많이 늦지는 않는다. 늦어도 한 5분 정도?

학교에 오면 운동하러 가기 전까지 책을 읽는다. 책을 읽다가 8시 50분이 되면 나가자고 친구들이 이야기한다. 그러면 읽고 있는 거 모조리 책상 안에 집어넣고 운동화를 갈아 신는다. 학교 운동장에 나가 다치지 않기 위해 준비운동을 하고 강변으로 나가서 뛰고 온다. 교실로 들어오면 10

시 20분이 된다. 20분을 쉬고 또 학교 주변을 청소하러 나간다. 작업장 앞에서 목장갑을 끼고 빗자루, 쓰레받기를 챙겨 쓸기 시작한다. 쓸기를 하는 곳은 처음에는 학교 정문, 놀이터, 그리고 주차장 이렇게 세 군데이다. 때로는 학교 뒤편까지 쓸 때도 있다. 그렇게 다 쓸고 도구를 정리하고 나면 밖에서 하는 청소는 끝이다.

교실로 들어오면 12시쯤 되는데 이때는 몸이 엄청나게 피곤해진다. 하지만 곧 점심시간이 다가온다. 점심을 먹는 시간은 항상 12시 17분이다. 그렇게 점심을 먹고 교실로 올라오면 12시 40분이고 양치를 하고 나면 12시 50분이다. 똑같이 20분을 쉬고 1시 10분이 되면 오후 학교 내 일자리를 하러 가야 된다. 나른해지는 시간이지만 월급을 받기 때문에 몸과 마음이 따라 주지 않더라도 꾹 참고 일을 해야 한다. 학교 내 일자리가 끝나는 시간은 3시인데 2시 50분쯤부터는 시간이 엄청 느리게 간다. 10분이 마치 한 시간 같다. 3시가 되면 힘들었던 하루 일과가 드디어 끝이 난다.

때로는 시계를 보면서 마음이 급할 때도 있고, 시간이 빨리 안 지나갔으면 하는 때도 있다. 반대로 시간이 빨리 지나갔으면 좋겠다고 하는 때도 있다. 내게 시간을 조절하는 능력이 있다면 좋겠다. 내 마음처럼 시간을 그때그때 빨리 가게 하거나 천천히 가게 할 텐데….

개학하는 날을 하루 앞둔 날

8월 23일 화요일은 여름방학이 끝나고 개학하는 날이다. 늦게 자고 늦게 일어나는 건 이제 월요일이 마지막이다. 나에게 있어서 방학 중에 유일하게 좋은 점이었는데 말이다.

방학에는 아침이 지나고 오후가 되면 너무 심심해진다. 엄마는 쉬는 날(화요일)만 빼고는 일하러 가서 안 계신다. 동생은 방에서 컴퓨터 게임을 하느라 정신이 없다. 그래서 매일 거실에서 혼자 놀았다. 나는 봤던 드라마를 보고 또 보았다. 재미있는 드라마를 계속 보고 있으면 외롭지도 않고 시간도 빨리 지나간다.

힘든 것과 외로운 것 둘 중에서 고르라면 그래도 외로운 게 낫다. 외로운 건 드라마를 보는 것처럼 채워 넣으면 잊을 수 있다. 그런데 힘든 건 채워 넣는다고 안 힘들어지는 게 아니니까. 전공과에서 달리기하고 청소하면서 힘들 때마다 '그래, 금방 끝날 거야'하고 매일 참는 것처럼 참고 견디는 수밖에 없는 것 같다.

혼자 있을 때는 드라마를 보면서 시간을 보내고 일주일에 한 번 화요일마다는 복지관에서 체육수업을 했다. 방학하는 날에는 방학이 길게 느껴졌는데 8월이 금세 지나간 것 같다. 고등학교 방학 때는 긴 방학 동안 너무 심심했는데 이번 전공과 방학 때는 마카롱도 만들러 가고, 출판사에 가서 글쓰기 수업도 해서 심심할 틈이 없었다.

이제 조금만 있으면 '심심하다'라는 소리가 '힘들다', '피곤하다'로 바뀌겠지? 2학기가 걱정되기도 하지만 '나에게 어떤 일들이 생기게 될까?'하고 기대되기도 한다. 좋은 일이 생길지 나쁜 일이 생길지는 내가 어떻게 하느냐에 달려있겠지.

이제 운명의 개학 날이 다가오고 있다.

비 오는 날 2

2학기 등교 이틀째 되는 날.

"송현아 안녕?"

아직도 친구들이 인사하는 이 소리가 낯설다.

오늘은 비가 왔다. 비가 안 왔으면 평소에 했던 것처럼 밖에 나가서 운동하고 청소했을 텐데. 비가 오는 날에는 교실 안에서 스트레칭을 하고 물품 조립 작업을 한다.

비가 오니까 1학기 때 내 모습이 생각났다. 1학기 때는 날씨가 자주 더워서 달리기하는 것도, 청소하는 것도 너무 힘들었다. 그래서 항상 '오늘은 비가 왔으면 좋겠다'하고 생각하면서 등교했다. 맑은 하늘을 보면서 '오늘은 또 덥겠구나!'생각이 들어서 비를 기다리게 됐다. 매일 비가 오면 달리기도 안 하고 덜 힘들 테니 내가 편한 쪽으로 계속 생각했던 것 같다. 그렇다고 날씨가 바뀌는 것도 아닌데 말이다.

멀고 먼 사막을 걸어가는 사람이 자기에게 필요한 물을 찾는 것처럼 나도 더운 날씨를 버티기 위해서는 비라도 오길 바랄 수밖에 없었다. 힘든 게 있으면 버티게 해 주는 뭔가가 있어야 끝까지 할 수 있기 때문이다. 하지만 매번 비를 기다릴 수는 없다. 비가 와서 덜 힘든 것보다 체력이 좋아져서 힘든 것들을 이겨낼 수 있어야 한다.

운동회

운동회는 코로나가 생기기 전까지는 해마다 하는 게 당연했다. 하지만 코로나가 생기고 나서부터 운동회는 취소가 되었고 계속 안 하다 보니 운동회가 점점 드문 일로 잊히기 시작했다. '운동회에서는 어떤 종목을 했지?'하고 궁금해할 만큼 오래된 것 같다.

운동회는 누구나 기다리게 된다. 1년에 딱 한 번, 같은 반 친구들끼리 한편이 되어서 다른 반 친구들과 서로 경쟁하여 승부를 겨루는 날이기 때문이다. 청팀, 백팀으로 나누어 경쟁하기도 한다. 그래서 운동회를 하는 내내 이기고 싶다는 마음이 간절하다.

운동회 하루 전날이면 항상 마음이 두근두근했었다. 일과가 끝나고 집에 가려고 할 때 창문 사이로 운동회를 위해 이것저것 준비하는 선생님들이 보였다. 밑으로 내려다보면 만국기가 온 하늘에 펄럭이고 있었고, 달리기를 할 곳에는 새하얀 선도 그어져 있었다. '아~ 드디어 내일 운동회를 하는구나'하고 괜히 들뜨고 신나서 저녁 늦게까지 창문 밖을 한참 내려다보고 갔었다.

이렇게 기다리고 좋아했던 운동회가 오래간만에 내일 우리 학교에서 열린다. 이번 운동회는 학교 행사라서 스무 살 어른이 된 나는 참여를 하지 못한다. 대신 운동회가 잘 운영될 수 있도록 깨끗하게 청소하고, 정리·정돈하는 일을 맡았다. 직접 뛰지 못해서 많이 아쉽다. 하지만 코로나 때문에 한동안 열리지 못했으니까 이번에 열리는 운동회는 모든 아이들이 신나고 재미있게 보냈으면 좋겠다.

송현
일터

자기소개서

안녕하세요. 저는 대구성보학교 전공과에 다니고 있는 김송현입니다.

자기소개서를 쓰니 고등학교 3학년 때 전공과 입학시험을 치르기 위해 자기소개서를 쓰고 외우던 제 모습이 생각나네요. 그때는 진짜 막막했어요. 친구들은 시험 종목 중에서 다들 한두 개 정도는 잘하던데 저는 잘하는 종목이 하나도 없었으니까요. 달리기는 빠르지 않았고, 포장과 조립 작업도 어려웠어요. 부끄러움이 많아 면접도 쉽지 않았죠. 그 셋 중에서 잘하는 게 하나라도 있으면 엄청 좋겠다고 계속 마음속으로 생각했었어요. 저랑 같은 고등학교에 다녔던 소현이라는 친구가 있는데 소현이는 작업 속도가 좀 느려도 달리기는 엄청 빨랐거든요. 저는 그런 소현이가 너무 부러웠어요. 질투가 조금 나기도 했고요. 지금에서야 돌아보니 전공과 입학시험을 준비하는 동안 다른 친구들과 비교하면서 부족한 저 자신을 너무 미워한 것 같아요.

이렇게 마음이 많이 힘들었지만, 대구성보학교 전공과에 가고 싶다는 마음에는 변함이 없었어요. 그래서 제가 할 수 있는 만큼 열심히 연습했어요. 매일 매일 달리기 연습을 하고, 선생님이 내 준 포장과 조립 과제도 열심히 했어요. 면접을 하기 위해 자기소개서도 반복해서 외웠어요. 그렇게 연습하다 보니까 어느새 전공과 시험을 치는 날이 다가왔어요. 솔직히 걱정이 됐어요. 내 실력을 믿지 못했으니까요. 하지만 지난 시간 제가 노력한 모습을 생각하면서 긍정적으로 좋게 생각했어요. '그래 떨어져도 괜찮아. 나는 최선을 다했으니까'라고 생각하면서 전공과 시험을 쳤어요. 시험 결과를 보고 깜짝 놀랐어요. 당연히 불합격이라고 계속 생각했던 내 생각과 달랐으니까요. 합격했다는 말을 들었을 때는 너무너무 기뻤어요.

현재 대구성보학교 전공과에 다니고 있는 저의 모습은 예전에 비해 많이 성장한 것 같아요. 학교 내 일자리 대인 서비스 분야에 면접을 보고 당당하게 붙어서 월급을 받으며 일을 하고 있으니까요. 저의 목표는 좋은 회사에 취업하는 거예요. 전공과에 꼭 들어가고 싶다는 간절한 마음으로 열심히 연습해서 합격한 기적 같은 일을 생각하면서 또 취업하게 되는 기적 같은 일이 일어날 수 있도록 열심히 노력하겠습니다.

감사합니다.

아라보다 출판사에 면접 보는 날

오늘은 아라보다 출판사에 채용 면접을 보러 갔다. 계속 글을 쓰던 익숙한 곳에서 면접을 보게 되니 떨리는 마음이 조금은 진정되었다.

면접은 참 어렵다. 어떤 질문을 받게 될지 모르니까 말이다. 미리 준비도 못 하는데 바로 대답을 해야 하다니, 나한테는 조금 걱정되는 부분이다. 낯설어서 평소에 잘 이야기하던 것들도 잘하지 못하게 된다. 나중에 생각해 보면 잘 대답할 수 있던 것들인데도 잘하지 못한다. 예전에도 한 번 그런 적이 있었다. 얼마나 후회가 되던지. 차라리 질문이 어렵고 답이 어려웠으면 '내가 몰라서 그렇구나'하고 마음이 조금 편했을 텐데 말이다. 그때 이후로 면접을 볼 때 틀려도 할 수 있는 이야기들은 다 하기로 결심했다. 그래야 면접에서 떨어지더라도 후회를 덜 할 것 같았다.

이번 면접은 좋은 점도 있었고 어려운 점도 있었다. 좋은 점은 내가 방학 동안 글쓰기 프로그램을 하러 왔던 출판사에서 볼 수 있어 좋았고, 면접관도 계속 같이 수업해 주신 대표님이라서 낯설지도 않고 익숙했다. 그런데 질문이 조금 어려웠다. 학교 내 일자리 면접에서는 질문이 쉬워서 금방금방 대답했는데 대표님이 하는 질문은 빨리 대답하기가 어려웠다. 말을 하다가 중간에 생각이 안 나서 좋은 대답이 잘 안 나왔다. 학교 일자리 면접을 하고 나서는 나는 분명히 붙을 거야 하고 확신이 들었는데 이번에 본 면접은 확신할 수가 없었다.

　그런데 다행히도 합격했다고 문자가 왔다.

　'어? 왜 합격이지?'합격 문자를 받았을 때는 조금 이상했다. 하지만 다음 날 대표님에게 이야기를 듣고는 이해가 됐다. 내가 합격할 수 있었던 이유는 두 가지였다. 한 가지는 대표님이 출판사에 있는 선생님들이랑 어떻게 지낼지 물어보셨는데 그때 "열심히 배워서 선생님들에게 도움이 되었으면 좋겠어요" 라고 대답해서 아주 감동적이었다고 하셨다. 그리고 면접 볼 때 대표님이 궁금한 게 있으면 물어보라고 하셨는데 내가 이것저것 많이 물어봤었다. 대표님이 대답하는 건 쉬운데 물어보는 건 어려운 거라고 합격할 수 있었던 이유를 이야기해 주셨다.

이 두 가지 이유 중에서 마음에 걸리는 게 한 가지 있었다. '내가 열심히 배워서 선생님들에게 도움이 됐으면 좋겠어요'라고 대답한 것이다. 내가 진짜 도움이 될 수 있을까? 장담할 순 없지만 그런 사람이 되도록 열심히 노력할 것이다.

마카롱 만들러 가는 날

    오늘은 8월 9일 화요일. 출판사 선생님들과 마카롱을 만들러 가는 날이다. 출판사 선생님들과는 각산역 1번 출구에서 10시에 만나기로 했다.

    원래 다음 날 재미있는 곳에 놀러 간다고 하면 새벽같이 일어나게 된다. 가슴이 두근두근해서 밤에 잠을 잘 못 자기 때문이다. 그런데 나도 이제 많이 컸나 보다. 늦잠을 자는 걸 보면 말이다. 엄마가 빨리 일어나라고 깨우는 소리에 벌떡 일어났는데 시간을 보니 8시가 넘어 있었다.

    혹시나 이렇게 아침에 늦게 일어날까 봐 미리 대비해 둔게 있었다. 전날 밤에 마카롱 만들기 비용과 지하철 탈 때 필요한 복지 카드 이 두 가지를 다 지갑에 챙겨 놓은 게 정말 다행이었다. 미리 안 챙겨 놓았으면 허둥지둥 약속 시간만 계속 생각하다가 잊어버렸을 것이다. 가다가 생각나서

먼 길을 다시 돌아올 뻔했다. 그런 적이 한두 번이 아니기 때문이다.

엄마가 내 옆에서 준비하는 걸 도와주셔서 그런지 준비가 빨리 끝났다. 나 혼자 준비했으면 시간을 많이 잡아먹었을 텐데 오늘 아침에는 엄마한테 조금 고마웠다. 그렇게 엄마 덕분에 여유 있게 나올 수 있었다. 지하철을 타고 각산역에 내려서 1번 출구로 올라왔다. 생각보다 일찍 도착해서 선생님께 잘 도착했다고 전화를 드리고 출구 앞에서 기다렸다.

선생님들을 만나서 함께 마카롱을 만들러 갔다. 잘 구워진 마카롱을 꾸미고 크림을 넣어 완성하는 수업이었다. 마카롱은 동글동글한 게 진짜 귀여웠다. 아직도 생각나는 게 마카롱 속에 넣은 크림이다. 나는 크림이 너무 달아서 생일에 케이크도 안 사 먹는데 마카롱에 들어간 크림은 엄청 맛있었다. 이 크림으로 케이크를 만든다면 생일마다 계속 사 먹을 수 있을 것 같다.

제주도 기행 1.
제주도로 가는 날

오늘은 8월 1일 월요일, 엄마, 아빠, 동생, 나 이렇게 네 식구가 가족 여행 겸 여름휴가를 떠나는 날이다. 이번 여름 휴가는 작년과는 달리 너무 기대가 되었다. 바로 제주도로 떠나기 때문이다. 작년에는 계속 캠핑만 해서 너무 덥고 지루하고 힘들었는데 이번에 제주도를 가면 지루하지도 힘들지도 않을 것 같다.

특별히 이번에는 홈쇼핑에서 하는 패키지 여행을 신청해서 가게 되었다. 그래서 가족끼리 다니는 게 아니라 다른 사람들과 모여서 다녀야 했다.

오후에는 큰 가방에 짐을 싸느라 정신이 없었다. 짐을 챙겨 택시를 타고 대구 공항으로 갔다. 오전에는 비행기 좌석이 없어서 밤 8시에 출발했다. 공항에서 티켓을 끊고 비행기를 타기 전까지 한 시간이 남아서 간단하게 햄버거를 먹었다. 공항에서 파는 수제 버거는 맘스터치, 롯데리아에서 파는 햄버거보다 더 맛있었다. 그렇게 햄버거를 먹고 나니 탑승 시간이 다 되어서 비행기를 타러 갔다. 비행기 타기 전에는 너무 기대되고 설레었는데, 막상 비행기를 타고 나서는 '내가 왜 그랬지?'하고 바로 후회했다. 비행기를 타면 멀미를 하기 때문이다.

그렇게 제주 공항에 도착했다. 공항에 도착하니 가이드해 주시는 아주머니가 나와 계셨다. 가이드 아주머니께 내일 일정을 듣고 관광버스를 타고 호텔로 갔다. 그렇게 비행기를 타고 오는 것으로 하루가 마무리되었다. 내일은 어떤 하루가 될까? 두근두근 설렌다. 비싸게 돈 내고 온 만큼 재미있는 하루가 되었으면 좋겠다.

인사

    오늘은 인사에 대해 배웠다. 인사에는 여러 가지 말이 있다. '안녕하세요', '반갑습니다', '좋은 아침입니다', '안녕히 계세요'등등. 인사마다 의미도 다르고 상황에 따라 인사말도 달라진다. 상황에 따라 인사를 잘하는 것도 장점이 된다. 수줍음이 많은 나에게 인사는 쉽지 않은 일이다. 때로는 내가 어떻게 인사하느냐에 따라 내 회사 생활이 많이 달라질 수 있겠다는 생각도 들었다. 남들은 아무 일 없는 듯이 쉽게 인사하지만 말이다.

    인사는 직장 동료나 상사가 내가 어떤 성격인지 알게 되는 첫 시작이다. 인사하는 걸 보면 이 사람은 어떻고 저 사람은 어떤지 대충 알게 된다. 다 알지는 못하겠지만 '아~ 이런 성격이구나'하고 짐작하게 되는 것이다. 말투에 감정이 들어가는 것처럼 인사를 하는 모습에도 많은 감정이 들어가기 때문이다.

인사를 잘하는 것도 좋지만 상황에 맞게 하는 것도 중요하다. 예를 들면, 화장실에 있을 때는 볼일을 볼 때보다는 볼일을 다 보고 손을 씻을 때 하는 게 좋다. 그리고 상사가 나를 보기 전에 내가 먼저 하는 게 좋다. 퇴근할 때는 상사에게 '수고하십시오'보다는 '내일 뵙겠습니다'라는 인사가 적절하다고 배웠다. 윗사람에게 수고라는 표현은 잘못됐다고 그랬다. 이렇게 상황에 맞지 않게 인사를 하면 나는 절대 나쁜 뜻으로 그런 게 아닌데도 상대방 기분이 나빠질 수 있다. 그러면 더 힘들어지는 건 나 자신이다. 그래서 상황에 맞게 인사하는 걸 중요하게 생각해야 한다.

이때까지는 인사하는 걸 너무 단순하게 생각했다. 이제는 상황에 맞게 인사만 잘해도 나에게 얼마나 좋은 장점이 생기게 되는지 알게 되었다. 오늘 느끼고 배운 것대로 인사를 잘할 수 있도록 열심히 연습해야겠다.

지금 나에게 바라는 소원

지금 나에게 바라는 소원이 있다면 아프지 않았으면 좋 겠고, 내가 지금 하는 일이 잘되면 좋겠고, 오랫동안 할 수 있으면 좋겠다는 것이다. 대부분 사람들은 회사에 들어가 면 승진하고 돈을 많이 벌고 싶을 것이다. 하지만 나는 그 런 것보다 지금 하는 일을 나이를 많이 먹어서도 계속할 수 만 있으면 좋겠다는 소원이 있다.

어렸을 때는 할 줄 아는 것이 별로 없었다. 내 마음속에 는 항상 바라는 것 하나가 있었다. 나도 잘 하는 것 한 가지 만 있으면 좋겠다는 것이다. 그때는 그것만 있어도 되게 든 든한 느낌이 들 것 같았다. 마치 나를 지켜주는 수호신 같 았기 때문이다. 못나게만 생각했던 나 자신을 그 잘하는 한 가지가 채워줄 수 있다고 계속 믿었다.

근데 바랐던 것이 어른이 되어서 내 마음에 채워졌다.

그것은 바로 글을 쓰는 것이다. 어릴 때의 나는 글 쓰는 건 한 번도 생각해 보지 못했다. 우연한 계기로 글을 쓰기 시작했고 꾸준히 글을 쓰다 보니 글을 쓰는 게 어렵지 않았다. 덕분에 글에 관한 직업을 갖게 되었고 월급을 받으면서 글을 쓰게 되었다.

지금의 나에겐 어릴 때 그토록 바랐던 잘하는 한 가지가 생겼다. 그걸로 돈도 벌 수 있다니 나에게는 일석이조가 된 셈이다. 잘하는 일이 직업이 되었으니까. 이제 나는 어릴 때처럼 아무것도 못 하는 사람도 아니고 못난 사람도 아니다. 부정적으로 항상 생각했던 어렸을 때의 나에게 그렇게 이야기해 주고 싶다.

이제는 이렇게 항상 당당해질 수 있도록 지금 하는 일을 오랫동안 하는 것이 내가 바라는 새로운 소원이다.

명함

5월 31일, 전공과 선생님 소개로 아라보다 출판사 대표님을 만났다. 이날은 내가 진짜 어른이 되는 날이었다. 그날은 모든 것이 처음이었다. 출판사에 갔던 것도, 글을 쓰는 직업을 가질 수 있다는 것도 처음 알게 되었다. 이렇게 내가 쓴 글에 많은 변화가 생길지 몰랐다. 어떻게 하면 좋은 글감을 찾는지도 알게 되고, 재미있게 글 쓰는 방법들도 알게 되었다.

글을 쓸 때는 마음이 편해서 좋다. 내 마음속에 있는 이야기들을 편하게 다 할 수 있다는 점이 글을 좋아하게 된 계기인 것 같다. 내 마음속에는 여러 말이 있다. 화난 사람에게 해 주고 싶은 말, 좋아하는 사람에게 해 주고 싶은 말 등등. 이런 말들은 직접 하기 힘들다. 하지만 글을 쓸 때는 솔직하게 내 마음을 다 이야기할 수 있다.

글은 내 속마음을 간직해 주는 자물쇠 같다. 내게 소중한 물건을 상자에 넣어 두고 자물쇠로 잠가 놓으면 남들이 못 훔쳐 가는 것처럼 비밀로 하고 싶은 내 마음속 말들을 들어 주고 지켜 주는 잠금장치 같다. 언제나 자물쇠로 잠가 두고 내 안에만 있던 글이 세상으로 나와 칭찬을 받게 되니 너무 기분이 좋다. 게다가 작가라는 직업도 갖게 되고 일을 할 수 있다니 너무 행복하다.

계약서를 쓰고 내 이름이 적힌 명함을 받은 오늘은 작가로 일을 시작하는 첫날이다. 명함은 작가 김송현이 내가 진짜 어른이 되었다는 증표이기도 하다. 더 나은 작가가 될 수 있도록 명함에 적혀 있는 송현이의 이름을 걸고 좋은 글들을 아주 많이 쓸 것이다.

제주도 기행 2.
제주도에서 보낸 첫 하루

　제주도에서의 첫 아침이 밝았다. 해가 뜨자마자 나랑 엄마는 호텔 조식을 먹으러 1층으로 내려갔다. 다른 사람들과 함께 움직이는 여행이라서 시간을 딱딱 맞추어야 했다. 조식을 먹고 1일 차 여행이 시작되었다.

　첫 번째 장소는 예쁜 꽃들이 가득한 곳이었다. 걸어 다니면서 예쁜 꽃도 많이 구경하고 사진도 많이 찍었다. 계속 걷다 보니 온실이 보였다. 그 온실 안에 들어가니 꼭 숲속에 들어온 것 같았다. 주변에는 예쁜 꽃들이 가득하고 연못에서는 잉어들이 헤엄치고 있었다. 그리고 작은 카페도 있었다. 계속 돌아다니면서 사진을 찍었더니 너무 덥고 목이 말라서 카페에서 레모네이드를 사 먹었다.

　두 번째 장소는 귤 농장으로 갔다. 어떤 귤이 있는지 구경하고 시식도 한번 해 봤다. 나는 겨울에 매일 까먹는 귤

만 알고 있었는데 오늘 귤 농장에 가 보니 모양과 맛, 이름이 다양한 귤들이 엄청 많았다.

세 번째로는 제주도 올레길을 갔다. 근데 올레길에 도착하자마자 비가 엄청 많이 쏟아지기 시작했다. 그래서 우산을 쓰고 올레길을 걸었다. 역시나 옷이랑 신발이 다 젖었다.

돌아와서 점심을 먹었다. 1일 차 여행 점심 메뉴는 고등어조림이었다. 고등어를 좋아하는 나는 고등어조림에서 국물은 빼고 고등어만 쏙쏙 골라서 먹었다.

오후에는 서커스를 보러 갔다. 서커스를 하는 사람들은 진짜 몸이 유연한 것 같다. 그리고 보통 사람들이 할 수 없는 놀랍고 재미있는 재주를 가지고 있는 것 같다. 정말 대단한 사람들이다. 서커스를 보고 저녁을 먹으러 갔다. 1일 차 저녁 메뉴는 회 정식이었다. 정식이라서 그런지 아주 푸짐했다. 저녁을 먹고는 호텔로 돌아왔다.

오늘은 모르는 것도 알게 되고 맛있는 것도 많이 먹어서 좋았다. 좋은 것도 많이 보고 진짜 재미있는 하루였다.

첫 출장

　10월 20일에는 글로벌 K-스토리 프리페스티벌 행사에 초대받아서 안동에 갔었다. 나는 학교에서만 시간을 보내다가 이런 행사에 가 보는 건 처음이었다. 온종일 다른 지역에서 보내는 것도 처음이라서 마치 놀러 온 것 같았다. 원래 이 행사에는 출장으로 온 것인데 자꾸 놀러 온 것처럼 마음이 들떴다.

　행사장에는 해가 높게 떴다. 햇볕이 따뜻하게 내리쬐고 차가운 바람이 하나도 안 불어서 날씨가 엄청 따뜻했다. 추울까 봐 옷을 두껍게 입고 왔었는데 행사하는 내내 따뜻해서 다행이었다.

　이곳에는 작가라는 직업을 가지고 좋은 이야기들을 쓰고 싶어하는 사람들이 많았다. 프로그램 중에서 유명한 작가님과의 대화 시간이 있었다. 작가님은 이야기를 처음부터 잘 쓰기는 어렵다고 하셨다. 이야기를 재미있게 쓰려면 주인공들은 어떤 성격인지, 어떤 일을 하는지, 좋은 점은 뭔지 다 알아야 이야기가 재미있어질 수 있다고 했다. 내가 이야기를 만들려고 할 때 왜 끝까지 만들지 못했는지 알 것 같았다. 그냥 생각나는 대로 막 쓰니까 읽어 보면 앞뒤가 안 맞고 뒤죽박죽 섞였다. 그래서 뒤에는 어떻게 이어지면 좋을지 생각해도 떠오르지 않아서 끝까지 완성하지 못하고 자꾸 이야기가 끊어졌던 것이다. 많은 생각과 고민을 해야 하는 게 조금 어렵지만 언젠가는 내가 좋아하는 로맨스로 재미있는 이야기를 완성해 보고 싶다.

그렇게 행사에서 내가 못 찾았던 답을 찾았다. 글을 쓰는 건 많은 시간과 정성이 들어가고 많은 과정을 겪어야 한다는 걸 알았다. 내 글에는 부족한 점들이 많다. 하지만 이 부족한 부분에 하나씩 채워 나가면서 재미있는 책을 완성해 봐야겠다. 이야기가 하나씩 만들어지는 걸 보면 나에게도 희망이 생긴다. 언젠가 내가 쓴 책을 사람들이 많이 좋아해 주는 순간이 오겠지?

출근 이야기

내가 근무하는 회사는 이음발달지원센터 주식회사이다. 아라보다 출판사라고도 한다. 출판사에 오면 선생님들과 같이 있을 때도 있고 나 혼자 있을 때도 있다. 회사에 도착하면 12시 40분이다. 여기에서는 글을 쓰는 게 나의 일이다.

막상 글을 쓰려고 하면 어떤 주제로 써야 할지 고민하게 된다. 주제가 떠올라야 글을 쓸 수 있는데 주제가 떠오르지 않아서 계속 끙끙 앓다가 30분 정도 지나고 나서야 글을 쓰기 시작한다.

주제는 확실하지 않아도 생각나는 대로 글을 쓰기 시작하고 쓴 글을 읽어 보면 이 글의 주제가 정해진다. 그렇게 글을 쓰고 나면 1시간이 지나가 버린다. 글을 쓰고 나서 시계를 보면 벌써 시간이 저렇게 많이 지나갔나 하고 깜짝 놀

란다. 그만큼 글 쓰는 게 좋고 재미있다는 증거겠지?

글을 한 편 쓰고 나면 나에게 30분의 휴식 시간이 주어진다. 휴식 시간에는 여기저기 왔다 갔다 하면서 몸을 풀어주기도 하고, 선생님들이 안 계실 때는 유튜브를 틀어 신나는 음악을 듣거나 보고 싶은 동영상을 보면서 쉬는 시간을 가진다. 그리고 맛있는 간식도 꺼내 먹는다. 출판사에는 맛있는 간식도 많이 준비되어 있어서 좋다.

그렇게 쉬고 난 후 퇴근 전까지 또 글을 쓴다. 이상하게 퇴근하기 전에 쓰는 글은 고민도 덜 하게 되고 처음부터 끝까지 막히지도 않고 잘 써진다. 그렇게 글을 쓰고 시계를 보면 5시가 넘어 있다. 나는 행동이 느리기 때문에 퇴근 전에 시간을 어느 정도 남겨 놓고 갈 준비를 해야 한다. 그렇게 퇴근을 하면 오늘 하루도 끝이 난다.

오늘도 너무 수고했어! ^_^

송현 생각

전공과 친구들이 한 명씩 취업할 때는 '나는 언제 취업을 할까?'하고 직장 가는 날을 손꼽으면서 기다렸다. 그런데 취업을 나간 친구들이 가끔 쉬는 날에 학교에 놀러 오면 학교에서 수업하던 때로 돌아가고 싶다고 계속 이야기를 하는 것이었다. 그때는 친구들이 왜 이렇게 이야기를 하는지 전혀 알지 못했다.

선생님들도 취업을 나가면 힘든 일이 많을 거라고 자주 이야기를 하셨다. 그래서 난 '아~ 쉽지 않겠구나'하고 생각만 했었다. 실제로 직장에서 일하는 게 얼마나 힘든지 경험해 본 적이 없었기 때문이다. 친구들이 힘들다고 할 때마다 많은 생각들이 들었다.

'직장에 출퇴근하는 건 어렵지 않을까?', '직장에 가면 어떤 일을 하게 될까?', '계속 일하다 보면 가기 싫지는 않을까?'이런 질문들이 계속 생겨났다. 모두 내가 일하러 가면 다 겪을 것이라서 하나하나가 걱정되고 신경이 쓰였다. 모든 것들이 취업을 나갈 때 나에게 걸림돌이 될 것 같았기 때문이다.

이렇게 걱정이 많던 나도 지금은 직장에 아주 잘 다니고 있다. 걱정할 틈도 없이 나에게 맞는 재미있는 일을 찾은 것 같다. 출퇴근하는 것도 멀고 힘들지만, 하는 일이 다 재미있어서 너무 좋다. 그렇다고 마음이 해이해져서 힘들다고 불성실한 태도를 보이면 안 된다. 내 글을 보고 늘 칭찬해 주시는 대표님한테도, 전공과 선생님들께도 너무 죄송해질 것 같으니 말이다.

걱정한 일들이 일어나지 않도록 늘 즐겁고 재미있게 일해야겠다.

송현
리뷰

'백설 공주'를 읽고

　나는 백설 공주 이야기를 읽고 이해가 안 되는 부분이 있다. 백설 공주가 얼굴이 예쁘다는 이유로 왕비가 백설 공주를 죽이려고 하는 내용이다. 이해가 안 되지만 한편으로는 왕비의 마음이 어떤지 조금 알 것 같다. 나 자신보다 남이 예쁘고 잘나면 질투가 나고 화가 날 수도 있기 때문이다. 여자들의 마음은 대부분 비슷하니까. 그래도 사람을 죽이려고 하는 건 너무 잔인한 것 같다.

　만약 내가 왕비였다면 어땠을까. 난 백설 공주를 질투하기보다는 어떻게 하면 백설 공주처럼 예뻐질 수 있을지 고민할 것 같다. 미모 관리를 어떻게 해야 할지 공부하면서 나 자신이 더 예뻐질 수 있도록 노력했을 것 같다. 내 생각에는 요술 거울이 '왕비님보다 백설 공주가 더 예쁩니다'라고 했던 진짜 이유가 왕비의 얼굴이 아닌 마음을 비추었기 때문이 아닐까?

　왕비도 백설 공주처럼 얼굴은 예뻤을 거라고 생각한다. 왕비도 착하고 순수한 마음이었다면 요술 거울이 '왕비님, 왕비님이 백설 공주보다 더 예쁩니다'라고 할 것 같다. 착한 마음을 가진 사람의 얼굴은 다 예뻐 보이니까 말이다. 백설 공주 이야기를 읽으니까 사람한테 중요한 건 착한 심성이라는 걸 알게 된다. 착한 심성을 가진 사람이 바로 진정한 아름다움을 가진 사람이니까.

'신데렐라'를 읽고

    나는 동화책을 좋아한다. 특히 공주님이 나오는 이야기-신데렐라, 백설 공주, 잠자는 숲속의 공주-를 좋아한다. 특히 공주랑 왕자가 사랑에 빠지는 이야기는 더 좋아하는 것 같다.

    나는 그중에서 신데렐라 이야기가 제일 재미있다. 아버지, 어머니가 다 돌아가시고 신데렐라는 새엄마와 새 언니들에게 구박을 받으며 살고 있었다. 그런데도 신데렐라는 희망을 잃지 않고 살아갔다. 그러던 어느 날, 요정 할머니가 나타나서 새 드레스와 새 구두, 새 마차를 선물로 주고 파티가 열리는 무도회장에 갈 수 있게 도와주었다. 거기에서 신데렐라의 인연인 왕자를 만났다. 하지만 급하게 돌아가느라 유리 구두를 잃어버렸다. 왕자는 유리 구두의 주인인 신데렐라를 찾아다녔고 새엄마와 새 언니들의 방해를 이겨내고 결국 왕자랑 결혼한다. 내가 좋아하는 여주인공의 이야기라서 더 재미있게 봤던 것 같다.

한편으로는 신데렐라를 본받아야겠다고 생각했다. 신데렐라는 부모님이 다 돌아가시고 하녀 취급을 받으면서도 희망을 잃지 않고 살아갔다. 그런 신데렐라에 비하면 나는 좋은 부모님이 계시고 행복한 것 같다. 하지만 이걸 너무 당연하게 생각하고 감사해하지 못한 것 같아서 부끄럽다. 내가 만약 신데렐라와 같은 상황이었다면 아직 철이 들지 않아서 신데렐라처럼 못 했을 거다. 나만 두고 먼저 간 엄마, 아빠를 계속 원망만 하고 삐뚤어졌을 텐데 신데렐라는 참 씩씩하고 착한 것 같다.

이렇게 심성이 좋으니까 왕자님 같은 멋진 분이랑 결혼할 수 있지 않았을까? 신데렐라 이야기를 읽고 나니 '고생 끝에 낙이 온다'라는 말이 생각난다.

그나저나 나의 유리 구두를 찾아 줄 왕자님은 어디에 있을까?

'완두'를 읽고

　　사람이 커가는 과정은 다 똑같다. 처음에는 몸집이 작다가 시간이 갈수록 점점 커진다. 얼굴도 조금씩 변하고 몸에도 변화가 생긴다. 그런데 완두는 달랐다. 변화가 생기지 않고 몸집이 계속 작았다.

　　그렇지만 완두는 어릴 때부터 많은 경험을 했다. 세면대에서 목욕을 하거나, 고양이 침대에서 잠도 자고, 연못에서 수영도 했다. 메뚜기도 타고 놀았다. 대부분 내가 어릴 때 경험해 보지 못한 것들이었다. 완두이기 때문에, 작기 때문에 할 수 있는 것들이었다. 그런 완두는 똑같이 커가는 사람들보다 삶이 더 즐거웠다. 보통 사람들은 공부를 열심히 해서 좋은 대학교에 가고 성공해야 행복한 삶이라고 생각했다. 하지만 완두는 키가 작은 덕분에 어릴 때부터 다르게 생각할 수 있었다. 완두에게는 똑같이 커가는 사람들이 느끼지 못하는 감정과 생각이 있었다.

그렇게 완두는 어른이 되었다. 자기가 잘하는 것이 우표의 그림을 그리는 것이라는 걸 알게 되었다. 그리고 그걸로 직업을 가지게 되었다. 큰 사람들이 할 수 없는 완두만의 일이었다. 몸집만 작을 뿐 완두는 행복한 인생을 살고 있다. 바로 이렇게 자기가 좋아하는 일을 하면서 만족하며 사는 것이 행복한 삶이지 않을까.

키가 작다는 것이 완두에게는 단점이라고 생각할 수도 있었다. 하지만 그것을 받아들이고 인정할 때 오히려 행복한 삶을 살게 되었고, 선물과 같은 기분 좋은 인생이 되었다.

우리에게도 부족한 점들이 드러나는 순간이 올 수 있다. 어쩌면 그것이 완두처럼 행복한 삶을 향해 가는 첫걸음이 될 수도 있지 않을까?

제주도 기행 3.
제주도에서 마지막이라고 느꼈던 하루

제주도에서의 두 번째 아침이 밝았다. 오늘이 제주도에서 맞는 마지막 아침이다. 벌써 마지막이라 생각하니까 조금 아쉬웠다.

2일 차 여행의 시작은 기념품을 파는 쇼핑센터였다. 쇼핑센터에는 가방을 많이 팔았다. 그 가방에는 똑같이 말 고리가 하나씩 달려 있었다. 내가 보기에는 너무 구식이었는데 엄마는 엄청 마음에 들어 하셨다. 엄마는 고민하다가 말 고리가 달린 가방을 하나 사셨다. 그 가방은 하나에 28,000원이나 했다. 나는 그런 엄마의 마음이 이해된다. 나도 엄청 마음에 드는 게 있으면 비싸도 망설이지 않고 바로 사니까.

쇼핑센터에서 구경하고 승마 체험을 하러 갔다. 말을 타기 전에 카우보이가 쓰는 모자를 써 봤는데 가죽이라 느낌도 색달랐다. 마치 내가 카우보이가 된 것 같았다. 그다음에는 공연을 보러 갔다. 그 공연에서는 노래에 맞추어 신나게 춤도 추고 재미있는 자세로 다이빙도 했다.

공연을 보고 나니 점심시간이 되었다. 오늘의 점심 메뉴는 돼지주물럭이었다. 돼지주물럭이라서 특별한 반찬일 줄 알았는데 먹어 보니까 엄마가 해 주시는 고추장불고기랑 맛이 똑같았다.

오후에는 잠수함을 탔다. 잠수함을 타고 나선 딱 드는 생각이 있었다. '이제는 물 근처에도 오지 말아야지!' 바다 근처에 갔을 때 바로 멀미를 했기 때문이었다. 머리도 아프고 속도 안 좋고 진짜 많이 힘들었다.

그렇게 힘든 시간이 지나가고 저녁 시간이 되었다. 오늘 저녁 메뉴는 전복죽이었다. 내가 원래 죽을 잘 안 먹는데, 전복죽은 진짜 잘 먹는다. 다른 죽들은 밍밍하고 싱거워서 맛이 없는데 전복죽은 고소하고 전복의 식감이 쫄깃해서 진짜 좋아하기 때문이다.

2일 차 여행의 일정이 다 끝났다. 오늘 재미있었던 시간은 항상 내 마음속에 남아 있을 것 같다.

'수박수영장'을 읽고
여름에 에어컨과 아이스크림의 의미

　　오늘은 6월 29일, 6월이 다 가고 7월이 찾아온다. 여름방학이 시작되기 전에 지난 한 학기를 돌아보게 된다. 생각나는 단어가 있다. 바로 여름이다.

　　전공과에 들어오면서부터 여름은 내 동생만큼이나 얄미운 존재가 되었다. 뜨거운 햇볕을 받으며 달리기를 하고, 학교 주변을 청소할 때면 이 여름이 정말 얄밉다. 여름이 더운 건 당연한 거지만 너무 더워서 힘들 때는 미워할 수밖에 없다.

　　그래서 나에게는 에어컨과 아이스크림이 생명수 같다. 사막을 걷는 사람이 간절하게 물을 원하는 심정을 알 것 같다. 이 더운 여름날, 밖에 나가서 운동하고 청소하다 보면 에어컨을 틀어 놓은 방에서 아이스크림을 먹고 싶다는 마음만 간절하기 때문이다. 그래서 나는 여름에 에어컨과 아이스크림이 없으면 못 살아간다.

하지만 이것들만 의존하기에는 조금 무리가 있다. 에어컨을 계속 틀어 놓을 수도 없고, 아이스크림을 많이 먹을 수도 없으니까. 그래서 좋은 방법을 생각해 냈다.

그것은 바로 시원한 곳으로 휴가를 떠나는 것이다. 그곳에서 사진도 많이 찍고 맛있는 것도 많이 먹으면서 여름을 이겨 내면 된다. 좋은 추억도 많이 생기게 되니 이 얄미운 여름을 재미있게 보낼 수 있을 것이다. 내가 가고 싶은 곳은 제주도이다. 초등학교 5학년 때 제주도에 한 번 갔다 왔었다. 그 기억이 너무 좋아서 언젠가 또 한 번 가 보고 싶다. 제주도 여행을 또 가게 된다면 어떤 추억을 만들게 될까?

'행복한 왕자'를 읽고

　사람들은 신분이 높아지길 원하고 권력을 가지고 싶어 한다. 그래서 권력을 가지려고 아무 죄 없는 사람을 괴롭히거나 상처를 주는 사람들도 있다. 하지만 이런 건 바보 같은 짓인 것 같다. 다른 사람을 괴롭히고 빼앗으면서 자기 자신은 행복하다고 생각할지 모르겠지만 그 사람들에게는 그저 자기의 악행을 알리게 되는 것일 뿐이다. 사람을 다치거나 죽게 만들면서까지 얻어내는 것에 과연 무슨 의미가 있을까? 나였다면 평생 마음에 짐을 안고 살아가게 될 것 같다. 겉으로는 다 가졌지만, 속에는 상처만 남아 있을 것 같다. 그리고 나중에 늙어서는 내가 왜 이렇게 살았을까 후회하며 그런 자기가 한심하고 많이 미울 것 같다.

　내가 생각하는 행복한 사람은 최선을 다해 열심히 노력해서 자기가 원하는 걸 얻어 내는 사람이다. 그래야 후회도 안 하고 자기 자신을 자랑스러워할 수 있을 것 같다. 자기 스스로 열심히 해서 사람들에게 인정도 받고 당당해질 수 있을 것 같다.

그런데 행복한 왕자는 보통 사람들과 다르게 최선을 다해 자기의 것을 나눠 주려고 했다. 동상으로 서 있으면서 제비에게 부탁해 힘들게 살고 있는 사람들에게 희망을 주려고 했다. 그것이 행복한 왕자에겐 의미 있는 삶이었던 것 같다. 왕자는 결국 자신이 가진 많은 걸 잃었지만 사람들을 행복하게 해 주었다. 사람들이 행복해지는 것이 이 책의 제목처럼 왕자의 행복이 되었다는 것이 참 신기하다. 나 때문에 다른 사람이 행복해진다면 그것이 진짜 행복한 사람이 되는 길이 아닐까.

나도 그럴 수 있었으면 좋겠다. 내가 쓴 이야기를 읽고 많은 사람들이 기뻐하고 재미를 느끼고 행복해하면 좋겠다. 그러면 나도 행복한 왕자처럼 진짜 행복한 사람이 될 수 있겠지?

'붕붕 꿀약방'을 읽고
내 마음, 감정, 내가 바라는 것

　이 책을 보니까 아무것도 할 수 없어서 매일 뒤에 숨어 있던 예전의 내가 생각난다. 나는 뒤에 숨어 있는 게 너무 싫었다. 나도 당당하게 친구들이랑 같이하는 수업에 의견도 내고 싶었고 앞에 나가서 발표도 하고 싶었다. 하지만 그럴 수 없었다. 내 머릿속에는 항상 '난 아무것도 할 수 없어'라는 생각이 박혀 있었기 때문이다.

　마음 한편으로는 친구들처럼 멋지게 발표해서 선생님에게 칭찬받고 싶다는 간절한 마음도 있었다. 하지만 내 머릿속에서 하는 생각이 내 마음처럼 잘 안 따라 주었다. 계속 자신이 못났다고 생각했던 것 같다. 그런 생각을 많이 하게 되니까 내 마음과 몸이 따로 움직이기 시작했다. 친구들이랑 놀고 싶은데 몸은 자꾸 친구들을 피해 갔다. 친구들이 나에게 관심을 가져주면 내 마음처럼 친구들이랑 놀 수 있을 것 같았는데 친구들은 나한테 별로 관심이 없는 것처럼 느껴졌다.

내가 친구들 앞을 지나가면 친구들이 소곤소곤하며 내게 좋지 않은 말들을 막 하는 것 같았다. 그래서 너무 힘들었다. 그때는 내 편을 들어 주는 사람이 한 명만이라도 있으면 좋겠다고 생각했다.

그래서 시간이 있을 때면 매일 상담실로 찾아갔었다. 상담실에 가면 선생님이 맛있는 간식도 주시고 그동안 나에게 무슨 일이 있었는지 지금 내 마음은 어떤지 이런 이야기들을 몇 시간씩 나누었다. 그런 이야기를 할 때마다 선생님이 잘 들어주시고 내 편도 잘 들어 주셨다. 내 편을 들어 주는 사람이 있다는 게 나에게 큰 위로가 됐다.

이제는 나에게도 언젠가 서로 마음을 나누고 사이좋게 지낼 수 있는 좋은 친구들이 많이 생겼으면 좋겠다. 그러려면 나도 자신감을 갖고 먼저 다가갈 수 있어야겠지? 조금씩 노력한다면 괜찮아질 거야.

제주도 기행 4.
면세점 구경

오늘은 제주도에서 집으로 돌아가는 날이다. 아침 일찍 버스를 타기 위해 숙소를 나섰다. 나는 이렇게 마지막 시간이 되면 꼭 이별하는 것 같은 마음이 든다. 관광버스를 타고 공항으로 갈 때 계속 이런 마음이 들었다. 하지만 이별 뒤에는 또 다른 만남이 있는 법. 아쉬운 마음을 달래기 위해 마지막 장소에 들렀다.

공항에 도착해서 캐리어를 옮겨 놓고 나니 비행기 탑승 전까지 시간이 한 30분 정도 남았다. 그래서 공항에 오면 꼭 가 보고 싶었던 면세점을 구경하러 갔다. 면세점은 보면 볼수록 신기했다. 이름만 알고 보지 못했던 명품 브랜드 물건들이 엄청 많았다. 인터넷으로만 보던 명품 브랜드 물건들을 직접 보니까 딱 두 가지 생각이 들었다.

'아. 사고 싶다.'

'진짜 예쁘다.'

계속 마음속으로 감탄하며 구경을 했다. 명품을 한번 보면 생각을 안 하려고 해도 어쩔 수 없이 계속 생각나는 것 같다. 이렇게 사람들을 빠져들게 만드는 매력이 있어서 명품이라고 하는가 보다. 물론 예쁜 만큼 가격도 엄청 비쌌지만… 비록 사지는 못했어도 제주도와 이별하는 마음이 면세점 덕분에 조금은 달래진 것 같다.

이번 휴가는 제주도로 가서 너무 좋았고 다행이었다. 이번 제주도에서의 좋은 시간이 예쁜 추억으로 남을 것 같다. 내년 휴가는 또 어디로 가게 될까?

기억에 남는 드라마
'별에서 온 그대'

옛날에도 보고 지금도 보고 있는 드라마가 있다. 드라마 제목은 '별에서 온 그대'이다. 드라마 제목처럼 남자 주인공은 다른 별에서 온 외계인이다. 그리고 여자 주인공은 평범한 인간이면서 직업은 배우다.

이 드라마에서 외계인이라는 남자 주인공 캐릭터가 제일 기억에 남는다. 말 그대로 외계인이라서 그런지 순간 이동도 하고, 시간을 멈추기도 하고, 손을 움직이기만 했는데 물건을 바로 앞에 옮겨 올 수도 있었다. 이런 것들이 신기하기도 하고 한편으로는 부럽기도 했다. 내게도 이런 초능력이 있다면 편하기도 하겠지만 든든하기도 하고 두려울 게 없을 것 같았다. 이 초능력은 나만 갖고 있으니까.

이 외계인 캐릭터의 초능력도 매력적이지만 제일 재미있는 건 대사이다. 외계인 남자 주인공이 조선시대 욕을 쓰는

데 조선시대 욕은 지금 욕과는 다르게 특이하고 재미있다.

드라마 끝부분에는 항상 치고받고 싸우던 주인공들이 서로 사랑하게 된다. 이 드라마에서도 서로 사랑하지만 이별할 날이 얼마 남지 않은 순간이 찾아온다. 이때 여자 주인공이 남자 주인공에게 고백하는 대사가 몇 년이 지난 지금도 내 마음에 아직 남아 있다.

"당신은 날 위해서 어딘가에 존재해 줘. 나를 위해서."

얼마나 좋은 대사면 기억력이 썩 좋지 않은 내가 줄줄이 다 외웠을까? 여자 주인공의 진심 어린 사랑이 정말 잘 느껴졌다. 이 드라마를 보면서 이별하는 건 누구에게나 다 힘든 일이라고 생각했다. 더구나 사랑하기에 그 사람을 위해 이별한다는 건 얼마나 더 슬픈 일인지.

'내가 다 열어줄게'를 읽고

　어릴 때부터 내게는 부러움이 많았다. 높은 선반에 손이 안 닿아서 물건을 못 꺼낼 때는 키가 큰 사람이 부러웠다. 리모컨을 잘 사용하지 못해서 좋아하는 채널로 못 돌릴 때는 리모컨을 잘 사용하는 어른이 부러웠다. 냉장고 안쪽에 좋아하는 간식이 있는데 잘 못 꺼낼 때는 꺼내 줄 수 있는 사람이 부러웠다. 어릴 때는 할 줄 아는 게 별로 없으니까 사소한 일에도 부러워했고 나 대신 해 주는 사람들을 마냥 좋아했다.

　어릴 때는 잘 해내지 못해도 주변에서 도와주니까 아무 걱정도 없고 힘들지 않았다. 그런데 이제 어른이 되니까 못 하면 계속 연습하고 노력하면서 잘 해내야 하고 힘들어도 참아야 하고 봐주는 게 없어졌다. 그래서 어른이 되고 나서는 내 생각도 달라진 것 같다.

나는 지금 어른이기 때문에 일하지 않으면 앞으로 혼자 살아갈 수가 없다. 그래서 체력도 기르고, 일하는 방법들도 배운다. 하지만 갈수록 어려운 일들이 많고 그것들이 내 머릿속에 남아 있으면서 계속 걱정시킨다. 문제집에 나오는 문제가 점점 어려워지는 것처럼 어른의 삶이 점점 어려워지는 건 당연한 거겠지. 이 책에 나오는 남자아이에게 이야기해 주고 싶다. 어른이 되면 어려운 일투성이라고.

하지만 내 곁에는 여전히 나를 도와주는 분들이 계신다. 내가 스스로 잘 할 수 있도록 체력을 기르게 도와주시고 작업하는 방법들도 알려주시는 선생님, 잔소리를 많이 하시지만 늘 내 편이 되어주시는 엄마. 하다가 너무 힘들고 잘 안되면 도와 달라고 말해 보는 것도 괜찮을 것 같다. 세상은 그렇게 함께 살아가는 거니까.

송현 생각

초판 1쇄 발행 2023년 01월 02일

지은이	송현, 아라보다
펴낸이	김혜진
기획 편집	김혜진
디자인	김현지
마케팅	김혜인, 한혜진
감수	박일호
펴낸곳	아라보다
등록	제2022-000007호
주소	대구광역시 북구 칠곡중앙대로 434, 상가 202호
전화	0507-1328-4540
이메일	ieumdsc@daum.net
ISBN	979-11-980726-7-2 (03800)
가격	13,000원

이 책 내용의 전부 또는 일부를 사용하려면 저작권자 아라보다의 동의를 받아야 합니다.